22th

1998-2019

太阳鸟文学年选

2019
中国最佳
诗歌

主　编｜王　蒙

分卷主编｜宗仁发

辽宁人民出版社

© 宗仁发　2020

图书在版编目（CIP）数据

2019 中国最佳诗歌 / 宗仁发分卷主编 . —沈阳：
辽宁人民出版社，2020.1
（太阳鸟文学年选 / 王蒙主编）
ISBN 978-7-205-09808-7

Ⅰ . ①2… Ⅱ . ①宗… Ⅲ . ①诗歌—中国—当代
Ⅳ . ①I227

中国版本图书馆CIP数据核字（2019）第 278586 号

出版发行：辽宁人民出版社
　　　　　地址：沈阳市和平区十一纬路25号　邮编：110003
　　　　　电话：024-23284321（邮　购）　024-23284324（发行部）
　　　　　传真：024-23284191（发行部）　024-23284304（办公室）
　　　　　http://www.lnpph.com.cn
印　　刷：辽宁新华印务有限公司
幅面尺寸：170mm×240mm
印　　张：15
字　　数：240千字
出版时间：2020年1月第1版
印刷时间：2020年1月第1次印刷
责任编辑：赵维宁
装帧设计：丁末末
责任校对：刘再升
书　　号：ISBN 978-7-205-09808-7

定　　价：58.00元

诗的命运也是生命的奇迹

臧　棣

诗的难懂不过是一种语言的假象，正如诗的好懂从来就不是一种语言的真相。其实，最难懂的是，诗的乐趣也是生命的乐趣。

要想成为一个真正的诗人，就意味着有一件事情已无法逃避，即在克尔凯郭尔的意义上，你必须成为自己的父亲。换句话说，做一个诗人，意味着你必须承受一种命运：敢不敢成为自己的父亲。

诗，的确有能力触及更高的真实，但是，诗真正该做的事情是揭示"生命失败的微妙之处"。换句话说，诗，追求的不是一般意义上的真实，而是微妙的真实，以及这微妙的真实何以能渗透在最深切的生命感受之中。

突然悟出了一个不是道理的道理：原来我们的对手不是莎士比亚，而是杜甫身上的莎士比亚。而长久以来，在文学潜意识里，我以为要成为一个诗人，我们不得不卷入以莎士比亚为竞争对手的诗歌角斗场。

最好的语言友谊或许就是，对多数写作情形中存在的那种无法抵御风格的诱惑、不断沦为风格的奴隶的诗人保持微妙的同情。充分融入风格，但拒绝成为风格的主人。这样做，相当冒险。因为长久以来我们被告知，写作的魅力就在于成为风格的化身。正如法国人布封宣称：风格即人。但我不喜欢这样的捷径。我更喜欢另一种路径，保持必要的警觉，强化与风格的戏剧性关系；严格地将风格对写作的诱惑限定为一种戏剧。

真正热爱汉语的人，其实都不会在新诗和古诗之间私设任何偏见。当我们和世界发生关系时，汉语就是一个事情。古诗已在很多方面做得很好，新诗则在另一些方面正把事情做得更好。就是这样。

对诗而言，真正的个性是用来深入事物体察事物的，不是用来鹬蚌相争的。从这个角度，桀骜之类的玩意儿，诸如嘚啵诗人是野兽之类的流亡数来宝，不过是一种低劣的误人误己。

当人们试图从形式的角度来确认古诗和新诗究竟谁更切合汉语的诗性，请不要忘记一个简单的事实：诗的奇妙毕竟在于，诗的表达是用来塑造生命的感觉的。就此而言，诗的起源既是一个历史现象，也是一种未来现象。假如诗的起源被仅仅认定为向传统的单向回溯，那么这不啻于一种最内耗的文化愚昧。

诗是词语的原始氛围，词语是诗的荒野精灵。有时，你甚至会感到一种僭越的冲动，你渴望指认：每次词，前提是即将隐现在诗的氛围中的，都是一个好奇的精灵。当你将词语搬进诗之中，你就无可挽回地伸出了命定的语言之手，因此，诗的写作首先意味着一种生命的动作，你必须动手对词语做点什么。你不一定一开始就有天才的想法，因为语言的动作本身就包含着天才的想法。你要做的，就是尽可能地将你的生命置身在语言的劳作中，并强烈地感受到词语精灵对我们的天真的拥抱。

从艺术角度看，新诗其实是非常讲究艺术的。只是这种讲究，与传统意义的讲究不太一样：传统意义上的讲究，基本上是建立在诗的本质已被确认的假象（或委婉点说，一种美学约定）之上的；新诗的讲究则建立在诗的本质始终出于一种自我生成的状态之上的。一个以静态的文化为背景来操作，一个以动态的文化为视野来实践，所以笼统而言，不能定论说，这个比那个更讲究艺术。换句话说，新诗的讲究，既是艺术的又是非艺术的。这么看的话，新诗其实是在把汉语的诗兴推向一个大讲究。

当我们谈论诗的音乐性的时候，我们可以谈论什么？很简单，由爆炸衍生的语言之光即诗的音乐性。换句话说，诗的音乐性与其说是一种符号的声学现象，莫若说它是一种词语的光学现象。

对诗而言，真正的旋律是隐喻在词语的黑暗中不断发生的爆炸。这才是诗歌的音乐性的本质所在。换句话说，诗的音乐性不可能是以连续性为基本图式的。

写诗的真正的秘诀是，你必须设法在你的生命潜能中找到一种力量，把人和语言之间的关系激变成你和词语之间的氛围。换句话说，作为生命之诗的唯一的喷射口，诗人要处理的，不仅是我们和语言的关系，他更要大胆地置身于我们和语言之间的那种充满戏剧性的氛围。记住，不论人对诗的反思能达到哪一步，永远都不会改变的，始终是诗是一种生命的仪式。

新诗，汉语诗歌体操的自选动作；古诗，汉语诗歌体操的规定动作。所以，不妨看开一点，新诗和古诗的区别其实就是汉语诗歌体操中的规定动作和自选动作的分别。原则上，每一种动作都能激发出汉语诗性的不同方面的潜力。诗歌语言的表达，说到底，是对作为身体的语言的一种自由的使用。

只存在两种好诗：第一种情形里，一首好诗令之前的无数诗篇显得残破不堪。第二种情形里，一首好诗让我们重新看清了在它周围的另一些好诗的真实面目。小诗人热衷于写出第一种情形里的好诗，但真正的大诗人则更愿鞭策自己写出第二种情形里的好诗。

一个句子如何获得它在诗中的完成度：它应该看起来像一条蛇正在意识的草丛里窸窸窣窣向你这边爬行而来。

曾几何时，诗歌即是一种命运；如今，更诡谲的情形正在显现，诗歌的命运构成了一种命运。

从历史趋势上讲，诗的个人性就是诗的最大的公共性。这么简单的道理，这么明了的常识，在我们的诗歌文化里却被反复混淆，以至于诗歌的个人性和诗的公共性仿佛变成了一件对立的事情。

诗，致力于神秘的分享。好诗的特征，积极地参与它自身的可分享状态。这涉及一种诗的意志：不能被分享的诗，是不存在的。

诗歌的人口问题一直被某些心怀不轨的人拿来焦虑诗歌本身的问题。写诗的人比读诗的人多，怎么啦？如果这是真的，其实是值得称道的。因为个人的真相是，每个写诗的人都是读诗的人。所以，这不是问题所在。打一个比方吧。现时代，不种地的人肯定比种地的人多。但没有改变的是，民以食为天。所以，如果真的存在读诗的人越来越少的现象，那么，写诗的人比读诗的人越来越多，在我们这里，就是一个伟大的文学奇迹。

诗的深刻并不源于思想。诗本身就是一种思想。如果存在这样的诗：它的深刻是基于它对思想的挖掘，或是对思想的演绎，那么最终它是给诗挖坟墓。新诗的诗歌文化里有一种根深蒂固的浅薄，即认为新诗的不成熟在于新诗缺乏思想。这绝对是半瓶醋的想法。诗和思想互为一种精神现象，诗和思想一样，都参与生命自身的表达。回到具体的阅读场景，假如我们讨论一首诗缺乏深刻的内涵，作为一种阅读观感，这或许可以成立，但假如据此推而广之，将这种即兴的观感总结成诗必须依赖思想，就是一种魔鬼的思量了。

新诗，既可以看成是对现代性的追求，也可以理解为对现代性的妥协。如果存在着客观的旁观，前者看上去更像是基于历史的冲动，后者更像是出于汉语诗性的觉悟。这是一种伟大的妥协，真正的天才完全知道其中的含义。

不可能的可能，诗生成了我们和语言之间的一种奇异的关系。就生存的荒诞而言，这种关系不仅是生命的机遇，也是生命的真谛。如果真想理解诗的意义，就必须更自觉地从这个角度去反观诗对个体生命的决定性的启示。诗是意义，诗不是定义。更特别的，诗是反意义的意义；诗是定义的反定义。

诗，就是把原本已交给命运的事情重新再托付给心灵。诗的能力，就是把本来已交由心灵的事情重新再信托给命运。

一个过去总觉得可疑的诗人的直觉其实是对的：对得起汉诗传统的唯一的做法就是，必须让新诗和我的天赋保持一致。如果一个诗人总想着怎么让我的天赋和新诗保持一致，他就是在耽误诗的机遇。

新诗和散文的关系，并不比新诗和格律的关系离诗本身更近或更远，两者是新诗和形式的关系的一种表现。如果说格律是古诗的书写范式中的一种标配，那么散文也可以说是新诗的抒写范式中的一个标配；最终，写得好不好还要看诗人有多少天分。其实，完全可以这么想，对新诗而言，散文就像一种天分，它不全是文体现象。论及更具体的运作时，也可以这样看，新诗对散文的倚重，更像火车对轮子的倚重；意思就是，对新诗的表达而言，散文是一种速度现象。诗中的散文决定着诗的文体的加速或减速，而这种现象的出现反映出置身于现代生存中的我们对世界的感受方式的变化。正如列维纳斯指出的，"……一种人性的激变"。

一块试金石，与其对新诗讲形式，莫若对新诗讲文体。从写作的内在情形看，有没有文体感远远比有没有形式感更迫切。当代诗的一个大问题是，大多数诗人没能在文体意识和形式意识方面做出更细致的区分。

现代以来的诗的变革中，诗和形容词的关系最为诡异。必须祛除形容词，以避免诗的表达陷入华丽修辞的迷途，成为一种普遍的共识。庞德的直觉甚至激进到这样的程度：形容词是诗的鸦片。意思是，形容性修辞会偏离诗对精确的追求，从根本上腐蚀诗的力量。事实果真如此吗？假如把诗和形容词的关联仅仅理解为一种修辞现象，那么从表达的直接性上看，形容词的使用的确会导致种种语言的缠绕。比如，就表达的效率而言，形容词会严重稀释诗和意义的关系，损耗诗对精确的追求。但是，诗和形容词的关系，从表达上看，恰恰不能仅仅理解为一种修辞现象。诗和形容词的关系，在本质上，是诗和图像的关系。诗对形容词的依赖，是诗对图像的依赖。

与其说诗借助语言，不如说诗呈现语言。但是，诗不单是一种语言现象，诗在语言的呈现中反转为一种自我现象。如此，对诗而言，语言怎么可能是一种媒介？诗的语言向生命提供了一种既开放又隐秘的关系。语言是一种友谊现象。如此，好诗的标准其实已经设定：诗是友谊中的友谊。

就这样吧，看在汉语的面子上，古诗有古诗的情趣，新诗有新诗的乐趣。放到语言史的长河里看，两者都是汉诗的志趣在不同诗兴向度上的体现。两者都不过是汉诗的面具。

对诗而言，渊博从来就不是一种学问现象，而是一种心智现象。

诗的感染力在本质上是一种临床现象：没有强烈的天启，就没有心灵的震撼。流行的诗学只习惯于将诗的感染力解读为诗与情感的关系，这会造成严重的偏差。对诗而言，感染力就是天启。如果没读到这一步，那只说明运气还不够。

诗有两种命运：一、诗是写出来的，二、诗是谈出来的。换句话说，诗有两个真相：一、与其说诗是写出来的，莫若说诗是看出来的，二、与其说诗是看出来的，不如说诗是谈出来的。新诗百年，就写诗而言，中国诗人已过了技艺这一关。怎么写，已不成问题。但如何谈论诗歌，特别是如何有效地有针对性地谈论诗歌，则普遍存在问题。谈诗比论诗，从方法上讲更难，更需要诗人的智慧。

一种绝对的感受，没有自我就没有诗和语言在现代性中的撞击，一种媲美粒子之间的撞击。

新诗的发生其实还有这样一个维度，以往很少被人们触及：就历史实践而言，新诗是汉语的一场祭礼。新诗的文化场景从根本上讲，是一种复活了的祭礼场景。

假如有一种情形可以称之为音乐思想的话，那么我们也同样有机会在诗歌中遭遇到一种诗歌思想。它和哲学思想不同，它不像哲学思想那样露骨地体现在哲学的形式中，它只是展现在诗歌氛围中的一种语言的气质。它可遇不可求。

我们和诗的关系，在本质上，就是我和你的关系。

诗中的我，不可能不是另一个你。换句话说，在诗中，如果不指向另一个你，我就不可能自立于语言的暧昧之中。这是一种特殊的语言约定：最完整的我，即另一个你。

想要真正理解诗和现代性的关系，就必须这样看：自我是一种极其独特的诗歌现象。

诗的语调即诗人的迂回。就触及诗的意图的有效性而言，语调是作为一种迂回的方式来起作用的。从这个角度说，缺乏迂回，必然会令诗的意图显得浅薄。

诗和天真的关系其实远远大于诗和真实的关系。流行的诗歌观念中，人们在谈到诗和真的关系时，存在着一个严重的偏差，即把诗和真的关系仅仅局限在诗和真实的关系中；其实，诗和真的关系中更重要的方面，是由诗和天真的互动构成的。

新诗和古诗在体式上的差异，经常被误用。古诗的体式相当成熟，近乎完美。而新诗的体式则一直被看成是未成形的，潜台词就是尚未成熟。这种诗歌类型当然可以加以比较，但假如在比较之前，人们的文学潜意识里已得出了古诗比新诗在体式上更成熟的结论，那么，这种比较就毫无意义；更糟糕的，它还会极大地误导人们对汉诗的本质的认识。

迟早有一天，我们终会承认新诗和古诗都是汉诗传统中有机的组成部分。古诗的体式之所以成熟，是有前提的。在比较新诗和古诗的体式是否成熟时，人们往往忽略了那些文学的前提，只是在文体内部加以简单的优劣判定，而且更可疑的，这种判定多半还没有意识到它的结论是建立在静态的表象之上的。

其实和古诗相比，新诗的体式最大的特点，就是它的不确定性。按文学自身的尺度，这种不确定性，有未定型的成分，但绝不能就因此而断言，新诗的体式是不成熟的。事实上，新诗在体式上显露的不确定性，恰恰是新诗对汉语的诗性表达的一次意义深远的解放。

也许可以这么看：比诗更孤独的诗，就是好诗。或者说，好诗都包含了一种独特的语言气质，对友谊的强烈的爱。

诗的意图即储存在语词之中的记忆在我们身上又一次神秘地生效了。换句话说，诗的意义的生成，一方面，是从诗人对语言的特殊安排中产生的，另一方面，这种特殊的语言安排更像是一个导火索，它引爆的很有可能是早已存在于语言中的记忆之物。简略地说，诗的意义即积极恢复神秘的记忆。

对诗而言，细节即语言的神经现象。如果非要用下定义的方式来理解的话，诗的细节就是足以让生命内部抖动起来的那种神经性力量。诗的细节意味着诗的语言必须是一种特殊的工作：对词语的细致的安排，最终变成了对语言和现实之间的关系的一种深邃的省察。

精妙的笔法，精妙的句法，两者之间假如存在着一种关联，好诗人基本上没得选，只能舍身去充当那个冒险的等号。诗，可以超越匠心；但前提是，诗必须体现出它有过一颗伟大的匠心。

每个词语都有一个腰，诗人要做的工作就是让它们在句子里或者挺直，或者弯下。语言的抽象性就是这些细微的举止里消除殆尽的，另一方面，语言的意义也是在这些类似粗活的仪式中生成的。

也许可以这样看：诗的自然即语言自身所显现的抽象的真实。与其说诗追求真实，莫若说诗追求的其实是抽象的真实。追求真实，是将印象经验化；而追求抽象的真实，是将经验印象化。

诗是诗所欠缺的东西。这或许就是诗和生命的关系中最具有启示性的也是最有魅力的部分。即使我们写出了无数优秀的诗作，这种情形也不会有丝毫改变。而且很可能，越是好诗，越是突出了诗是诗所缺少的东西。欠缺，即意味有空白需要填补。对诗而言，这种由欠缺导致的空白注定是神秘的，因而诗作为一种弥补，从根本上讲也注定是神秘的。此外，这隐现在诗中的欠缺，也预设了一种伟大的重复：诗必须不停地出现在诗的欠缺中。所以，好诗，好就好在它提示了一种生命的迹象：我们确实有过那种运气。

诗的激烈必须有效地抑制语言的暴力，因为诗是这样的存在：哪里有针对生命的贫乏的决战，哪里就有诗。

001　**序**　诗的命运也是生命的奇迹　　　　　　　　　　　　臧　棣

001　星期三的珍珠船　　　　　　　　　　　　　　　　　　里　所

002　眼皮上的世界　　　　　　　　　　　　　　　　　　戴潍娜

003　论水面的道德　　　　　　　　　　　　　　　　　　秦三澍

004　你　好　　　　　　　　　　　　　　　　　　　　星　芽

005　我和他们一样　　　　　　　　　　　　　　　　　　庄　凌

006　途　中　　　　　　　　　　　　　　　　　　　　熊生婵

007　八　月　　　　　　　　　　　　　　　　　　　　张　猫

008　清平调　　　　　　　　　　　　　　　　　　　　祝立根

009　飞翔或许是更美的世界　　　　　　　　　　　　　　嘉　励

010　可怕的美　　　　　　　　　　　　　　　　　　　玉　珍

011　择日而至　　　　　　　　　　　　　　　　　　　贾浅浅

012　蝙蝠之歌　　　　　　　　　　　　　　　　　　　张　朗

013　鸟　　　　　　　　　　　　　　　　　　　　　　龙　少

014　动物死尸　　　　　　　　　　　　　　　　　　　郑在欢

015　傍晚的静止　　　　　　　　　　　　　　　　　　彭　杰

016　灰尘，只是一个记录　　　　　　　　　　　　　　李　磊

017　门诊输液　　　　　　　　　　　　　　　　　　　王　铮

018　我是一个什么样的人　　　　　　　　　　　　　　尘　轩

020　野花用枯萎应答着她　　　　　　　　　　　　　　周　簌

021　慢下来　　　　　　　　　　　　　　　　　　姚　波

022　接　受　　　　　　　　　　　　　　　　　　天　天

023　下　山　　　　　　　　　　　　　　　　　　朱庆和

024　怀　想　　　　　　　　　　　　　　　　　　陈会玲

025　偶　见　　　　　　　　　　　　　　　　　　马晓康

026　那些话有另一个样子　　　　　　　　　　　　喻诗颖

027　新经济时代　　　　　　　　　　　　　　　　陈丽伟

028　蚯　蚓　　　　　　　　　　　　　　　　　　亚　明

029　日常：交谈　　　　　　　　　　　　　　　　蓝格子

030　雪　　　　　　　　　　　　　　　　　　　　李　浩

031　雪，到底要下到什么时候　　　　　　　　　　赵小北

032　无中生有　　　　　　　　　　　　　　　　　周鱼界

033　面　具　　　　　　　　　　　　　　　　　　天丫丫

034　炭　　　　　　　　　　　　　　　　　　　　　

035　1984　　　　　　　　　　　　　　　　　　李点七

036　走了半生　　　　　　　　　　　　　　　　　燕　　

037　我要将自己送给非洲　　　　　　　　　　　　蒋　在

038　时间之心　　　　　　　　　　　　　　　　　董喜阳

039　风在吹　　　　　　　　　　　　　　　　　　潘玉渠

040　好像什么都没有发生一样　　　　　　　　　　何晓坤

041　秋　天　　　　　　　　　　　　　　　　　　李顺星

042　爱　情　　　　　　　　　　　　　　　　　　杨　隐

043　声　音　　　　　　　　　　　　　　　　　　林东林

044　复　调　　　　　　　　　　　　　　　　　　吴春山

045　立　夏　　　　　　　　　　　　　　　　　　颜梅玖

046　比缓慢更缓慢　　　　　　　　　　　　　　　代　薇

047　嘉陵江　　　　　　　　　　　　　　　　　　喻　言

048	八行诗	李　南
049	我们走在风中沉默不语	阿　未
050	夜　晚	黄海分
051	在月亮的背后	李郁葱
052	卑微的生活	人　邻
053	垒	晓　雪
054	苍　老	曾　蒙
055	当火车钻入黑夜	秀　枝
056	草原日落	慕　白
057	辽　阔	第广龙
058	物　证	周庆荣
059	大雁塔广场所见	马萧萧
060	繁华在心	钟　磊
061	香　椿	陈　亮
062	老房子	李昌鹏
063	迷迭香	高鹏程
064	我们徘徊镇	横行胭脂
066	酒	姚　辉
068	张家口：桦皮岭	施施然
069	小池塘变迁史	游　离
070	说起青春	青小衣
071	路过打铁铺	胡晓光
072	相　比	俞　强
073	缺席者	
	——致张志扬先生	沉　河
074	识物学	林宗龙
075	鸟　鸣	林　莉
076	除了海，我没有别的地方可去	叶玉琳

078　不断分权的树　　　　　　　　　　　　　　　　　　盛祥兰

079　弯木犁　　　　　　　　　　　　　　　　　　　　　葛筱强

080　玻璃栈道　　　　　　　　　　　　　　　　　　　　袁东瑛

081　跑步之诗　　　　　　　　　　　　　　　　　　　　张伟栋

083　万物均有自净能力　　　　　　　　　　　　　　　　孟醒石

084　橡树葱茏　　　　　　　　　　　　　　　　　　　　九　荒

085　大风歌　　　　　　　　　　　　　　　　　　　　　毛　子

086　井　中　　　　　　　　　　　　　　　　　　　　　王单单

087　不停地徘徊　　　　　　　　　　　　　　　　　　　张好好

088　小游记　　　　　　　　　　　　　　　　　　　　　赵卫峰

089　假如我必须爱　　　　　　　　　　　　　　　　　　金铃子

090　我是谁　　　　　　　　　　　　　　　　　　　　　如　风

091　旷　野　　　　　　　　　　　　　　　　　　　　　梅　尔

092　春天是轻的　　　　　　　　　　　　　　　　　　　张牧宇

093　歌　唱　　　　　　　　　　　　　　　　　　　　　田　暖

094　我认识的事物太少　　　　　　　　　　　　　　　　南　子

096　古老的献词　　　　　　　　　　　　　　　　　　　江　非

097　切柠檬　　　　　　　　　　　　　　　　　　　　　莫卧儿

098　我也没能从落地的花瓣中认出　　　　　　　　　　　夏　午

099　因为有雪，才有更多的光　　　　　　　　　　　　　鲁　蕙

100　六　月　　　　　　　　　　　　　　　　　　　　　李爱莲

101　腌笃鲜　　　　　　　　　　　　　　　　　　　　　唐继东

103　秋天，我应该保持怎样的弧度　　　　　　　　　　　卢　辉

104　看　见　　　　　　　　　　　　　　　　　　　　　蒋志武

105　召　唤　　　　　　　　　　　　　　　　　　　　　罗　至

106　忏　悔　　　　　　　　　　　　　　　　　　　　　彭争武

107　大街上　　　　　　　　　　　　　　　　　　　　　韦　忍

108　黄昏的玉米地　　　　　　　　　　　　　　　　　　张晓民

109	一棵树的心病	柳 苏
110	大漠狂石	段光安
111	撬开早春的山峦	薄荷蓝
112	明光河（节选）	李 森
116	新年钟声	臧 棣
118	山中，秋声赋	胡 弦
119	落在身上的雪	谷 禾
120	天府广场遇雨	龚学敏
121	缅甸的月色	黄礼孩
122	活 过	朵 渔
123	交 谈	张执浩
124	当羊成为羊毫	卢卫平
125	第一次	余 怒
126	手机通讯录	苏历铭
129	近春分	宋晓杰
130	暮春的雪	沈 苇
131	春 中	杜 涯
133	另一个城市的人群中	刘 川
135	在这波澜不惊的水面上	泉 子
136	白 雾	冯 晏
137	天山骑手	育 邦
139	寻找池塘的鸟	王学芯
140	端午再祭屈原	任 白
142	水 洞	李寂荡
144	这一场雪	文乾义
145	大花青兰	张映姝
147	野花是不相信命运的	钱万成

148 暗　紫 包临轩

149 表面的事物 田　湘

150 梨花节 小红北

151 生　日 安顺国

152 论诗歌 张作梗

154 此　刻 亚　楠

155 暗　锁 纪永亮

156 花瓶，月亮 欧阳江河

157 倾听自己 西　川

158 致蓝蓝：神奇的梦引起反响 翟永明

161 白头翁的叫声突然沉寂 林　莽

162 小雨加雪是一种颂歌 梁小斌

163 鸟儿飞走了 叶延滨

164 欲　望 梁　平

165 在爱琴海上 王家新

166 适彼乐土 宋　琳

167 妈妈的动作 柏　桦

168 钟　亭 小　海

169 如你所见 张曙光

170 藤蔓是夏天的犹疑 蓝　蓝

171 一个夜晚的两次微笑 商　震

172 拾拣昌耀诗文集 李　琦

174 存放的意义 何小竹

175 题图·迎财神 孙文波

176 约茶兼致病中女友 荣　荣

178 净影寺 娜　夜

179 施　舍 伊　沙

180　这模糊的季节模糊了我的眼睛　　　　　　　　　　　海　男

181　寂静草原　　　　　　　　　　　　　　　　　　　张洪波

182　大地上万物皆有信使　　　　　　　　　　　　　　刘立云

183　有哪一个春天不是绝处逢生　　　　　　　　　　　潘洗尘

185　请服用一剂火山灰　　　　　　　　　　　　　　　曲有源

186　暮春的花朵　　　　　　　　　　　　　　　　　　张新泉

187　歌唱自己的草原　　　　　　　　　　　　　　　　阿　来

189　额济纳　　　　　　　　　　　　　　　　　　　　邱华栋

190　三　月　　　　　　　　　　　　　　　　　　　　陈应松

191　树　问　　　　　　　　　　　　　　　　　　　　周　涛

193　诗　人　　　　　　　　　　　　　　　　　　　　韩　东

194　半岛之约　　　　　　　　　　　　　　　　　　　朱　文

196　T　恤　　　　　　　　　　　　　　　　　　　　吴晨骏

197　无　题　　　　　　　　　　　　　　　　　　　　华　清

198　清晨的思想　　　　　　　　　　　　　　　　　　耿占春

200　山　间　　　　　　　　　　　　　　　　　　　　敬文东

201　对　岸　　　　　　　　　　　　　　　　　　　　霍俊明

202　鄂尔多斯之夜　　　　　　　　　　　　　　　　　高　兴

203　穿山甲　　　　　　　　　　　　　　　　　　　　李以亮

204　暮　色　　　　　　　　　　　　　　　　　　　　海　岸

205　凝　神　　　　　　　　　　　　　　　　　　　　舒丹丹

206　为了爱你　　　　　　　　　　　　　　　　　　　安　然

207　在大柴旦　　　　　　　　　　　　　　　　　　　曹有云

208　女　人　　　　　　　　　　　　　　　　　　　　鲁　娟

209　一块豆腐　　　　　　　　　　　　　　　　　　　琼瑛卓玛

210　我看见群山沉默如金　　　　　　　　　　　　　　单永珍

211　出生地　　　　　　　　　　　　　　　　　冯　娜

212　戈壁太阳　　　　　　　　　　　　　　　娜仁琪琪格

213　节　省　　　　　　　　　　　　　　　　王志国

214　午后东山岭　　　　　　　　　　　　　　苏笑嫣

215　简单的生活　　　　　　　　　　　　　　姚　风

星期三的珍珠船

◎里 所

当秋天进入恒定的时序
我就开始敲敲打打
着手研磨智慧的药剂
苦得还不够，我想
只是偶尔反刍那些黏稠的记忆
就足以沉默
要一声不出地吞下鱼骨
要消化那块锈蚀的铁
我想着这一生
最好只在一座桥上结网
不停地画线
再指挥它们构建命运的几何
我必定会在某一个星期三
等到一艘装满珍珠的船来

（原载《青春》2019 年第 11 期）

眼皮上的世界

◎戴潍娜

光是秩序的旅行
形是光的即兴
波斯毯背面拉开抽屉
关上眼睛我数星星

向日葵心钟表嘀嗒
嘀嗒是消逝的抵达
表盘上的长腿姑娘请歇歇脚
星空倒扣，飞镖般的星辰砸向锅底
恰如你深入世界的身体

（原载《汉诗》2019年第2期）

论水面的道德

◎秦三澍

太晚了，蝌蚪睡进蝌蚪群的黑。
寂静，是未来的幻肢在梦想中
搅动月影。集体的呼噜彼此抵消，
旋入夜的消音器。

从无到无，水将白昼的逻辑锈住。
喷泉的舞鞋，踩灭楼梯间的昏灯
一盏不留：像少女倒立又像少女失灵，
鱼钩般挽起一尊周全的银脸。

地址不详的铃声能震碎浅梦，
让鱼愤怒地翻身，驮着夜的取钞机
归还你预存的碎银。休想逼它
患上万能的偏头疼，咬住那一刻钟。

镜面急促地喘息。同一个位置
酸气推着琴弓，锯出更多泪珠的前身。
它掉头，夜的银兽睁眼并跌倒，
给你看一对涣散的知识！

（原载《诗歌月刊》2019年第1期）

你 好

◎星 芽

我要模仿鹦鹉说话
把喉咙削得细细的 说"你好"的方式
要处在中关村的深冬使余音封存在体内冰挂子成为叙
　述的背景
我面对自然的墙壁练习了很多次
"你好"跑到嘴巴的外面
"你好"松脆地弹下来像是我声带以外
独立的部分
它能够自己站直
拍掉耳朵两边的双引号
不怀好意地绑架鹦鹉的舌头
鹦鹉说"你好"
"鹦鹉"柔软地垂下脖子
模仿我
使你好能够舒舒服服地
降落到人类的墙面
"鹦鹉"是构成它们的彩色背景
我们礼貌地相互致意
而语言醒目肿大

（原载《诗歌月刊》2019年第7期）

我和他们一样

◎庄　凌

岸边的树，很清瘦
在风雨里更觉得可怜
桥上骑着电动车的人
穿着雨衣，匆匆赶路
从早到晚像一只钟表
我坐在公交车上和他们擦肩而过
和他们一样，面无表情
这个城市一直在没完没了地下雨
树木，人群，命运都泡在水中
我和他们一样
改变不了什么
只有没完没了的奔波

（原载《江南诗》2019年第4期）

途 中

◎熊生婵

在山顶等待日暮
狂风清扫可疑的白

马匹早已无人问津
想起一个人的有生之年
在这群山之巅活得认真
胜过褐马黑马白马

风会把我们一个个吹得
鼓胀起来
像许多廉价塑料袋

（原载《人民文学》2019年第5期）

八 月

◎张 猫

雨中出现黄昏的影子

葡萄树叶子滴着水

倒映出蓝色的小蛤蟆

我闭上眼睛梦见一条河

向上的日子多么安静

阳光飘浮着，时间一秒一秒从身上游过

八月，楼下的胖子

开始敝帚自珍，懂得节制

知晓在运动中消解孤独的重量

遥远的诗人啊！寄来黎明

拆掉距离的墙，我们席地而坐

把故乡抛在一边

把荒诞抛在一边

就像走了很长的路，终于可以

躺下来看看蓝天

把所有美好的事情都想一遍

然后，心里空空荡荡

（原载《西湖》2019年第2期）

清平调

◎祝立根

云抱住了山，就是雪
流进村庄就是沙
飞进眼里，就是盐粒
母亲把眼泪偷偷掉进锅里
孩子们，无忧无虑
麦苗一次一次铺绿了光阴的两岸
它们不相信命运，每一次成长
都会更加努力……
是的，火把一经点燃，就得传递下去
寺庙一旦建立，就该在同一片瓦砾之上
毁了又建，建了又毁
这就是未来，和过去
这就是现在一直在我们肋骨间
回荡不已的钟声

（原载《十月》2019年第3期）

飞翔或许是更美的世界

◎嘉　励

整个岛屿呈现蓝色
喝了一点酒的我，微红
山峦的轮廓幻化水墨的氤氲
雾气消散，传递过来
从我们的脸上，到待泊的船只
到脚踝边一株白色野花
而我怀疑，还能描述这样完美的句子多久
世俗之岸在招手
我懂得水上和陆地的哲学又如何
飞翔或许是更美的世界

（原载《作品》2019 年第 2 期）

可怕的美

◎玉　珍

深夜间的暴雪是奇迹
那时我还很小，被窝里听着风雪
聚精会神，一种神秘的降临推开我的门
进入我的梦，雪是像星子那样温柔的
降临后露出野生的巨脸
当我次日醒来，我的雪地
美到使我惊诧
我扑向那片白，穿着我破旧的冬衣
冲进那可怕的美中。可怕的美
使我不知所措
为那仅有的白色我贪婪地张望
遍地无垠的遗憾，只能被浪费
孩子在雪上奔跑，打滚
大人们被雪照亮，露出少年的纯真
被破坏的雪接近着我
残忍的美随即凸显
雪从不为到来而来，也不像
为死而死，雪没有为谁献身的意愿
它突然就走了
只有伟大的美可以改变浪费
它通常使我紧张

（原载《诗歌月刊》2019年第10期）

择日而至

◎贾浅浅

我也有一面铜镜
用报纸裹着，夹在无处可寻的
两日紧邻的缝隙里

偶尔，我会靠着沙发
借着昏暗的壁灯，看一眼那锈迹斑驳的铜镜，背面
长着爪子和翅膀的一对飞仙
手里端着的那盆兰花，有没有
再隐去一瓣花瓣

（原载《作品》2019年第5期）

蝙蝠之歌

◎张　朗

一群黑家伙

攀居山洞

用洞黑潜伏

我借着蹩脚的词语之光

往里走

两旁挤满

看不见的事物

我至今无法忍受

山洞的诱惑

以为会通往不可知的地方

那些蝙蝠

偶尔变成叶片

落在想象的洞口

（原载《芳草》2019年第3期）

鸟

◎龙 少

那是傍晚，一只鸟落在我的窗外
浅灰色的羽毛，被风吹动
像是一种爱的安抚
它背对我
鸣叫声有着失神般纯净的美好
我们没有惊扰彼此
存在就足够令人惊喜
当夕阳退回远山
我们也退回自己，落满薄雪的体内
只是很多次，在反复行走的路上
恰好看见一只鸟，飞回了自己的鸟巢

（原载《人民文学》2019年第5期）

动物死尸

◎郑在欢

一只天牛被踩死在马路上
我把它当成了蝉
想不到我对昆虫
已经如此陌生
在城市里
看见最多的就是人和狗
其他的动物
大多相遇在餐桌上
那时候
它们都已经熟透了

（原载《草堂》2019年第5期）

傍晚的静止

◎彭　杰

有时，风几乎是透明的。
坠落中的松果，也有短暂的失神
走过的女孩，嘴唇上细小的皱纹。两侧
向外扩张的街道
浪花般拍打
玻璃橱窗，却没有声音。

他，醒来，在灰色的海岸
等待身体沥干的时刻，木床，书桌
与窗帘依次显现，细小转动的齿轮。
高空中的月亮，海螺般
再次被吹响，而内部空荡的钢琴声
低低垂下，一丛幽暗的灌木。

（原载《江南诗》2019年第2期）

灰尘，只是一个记录

◎李 磊

重度强迫症患者，不能允许灰尘飘落

书案、茶桌、床头、锅台，还有马桶

这三百多个日夜了，不曾留下一粒灰尘

只有酒架上，我竟然视而不见

或者强忍着不去擦抹

我想知道，我是否戒掉酒瘾

有朋友说戒酒，是我在扼杀自己的天性

"你的随性而为，你的洒脱恣意"

"你引以为傲的酒场杂耍，你醉态百出的可爱"

一股脑儿地丢在夜色了么

"你的郁结愤懑，你的孤寂冷寒"

"你沾沾自喜的情场老手，你酒酣浓烈的柔情"

一丝不落地打包封存了么

哦，是啊

我竟做出如此"伟大"的行为

干杯吧，朋友

饮下的酸涩迅速裂变

咽下的苦愁终将消散

其实，灰尘，只是一个记录

（原载《广西文学》2019年第5期）

门诊输液

◎王 铮

稚嫩的，干瘪的
丰满的弹性的，扛过重活的
屋檐点滴汇入江河海川
介于孑然在输液室格子中
置身斗室沧桑墙壁尘封着窗棂
端坐在中间点滴的患者演绎着诗的意象与隐喻
输液和拔除和医护
灵魂的羁绊与肉体的自由正在兑换
现在不再畏惧的则为衰老年迈
岁月的药液没完没了穿越形骸的千疮百孔
而你我彼此却消失在转身的刹那
却往返在红尘、尘凡、尘寰的情感交易网
绸缪多得犹如牛毛，而又有
那位能辨别出过剩的擎爱

（原载《浙江作家》2019年第2期）

我是一个什么样的人

◎尘　轩

我在诗里下雪，也在诗里扫雪
断不觉白茫茫一片真干净
我是一个在诗里有洁癖的人

阳光布满房间，省略夜晚
早点端上来前，省略饥饿
电话和房门关掉，省略问候
我是一个省略主语的人

激动时，我是人群里安静的一个
忧伤时，我是人群里安静的一个
孤独时，我比时间安静
受伤时，我比伤口安静
我发出声音时，世界变得安静
我是一个适当喑哑的人

缝合一个夜晚和一道峡谷，难度不太一样
面包上的暮色和茶水里的暮色，味道不太一样
我是一个喜欢找茬的人

在路灯下回忆往事
在画布上修复日记
我是一个迎风流泪的人

时间不再续杯，羞耻之心不断注满
在拳头大小的湖泊里，倒映自己
我是一个站在镜子里的人

人类睡下，宇宙增大面积
抱着空荡荡的身体，我突然成了容易失眠的人
一个被乡愁养大的人

（原载《草堂》2019年第7期）

野花用枯萎应答着她

◎周　簌

那丛野花淡蓝色
散落。星星点点，从恬静的露台
像穷人的口袋翻过来，叮当作响
只剩下这些了
在秋风的瓷罐里空空地摇荡
她坐在镜中，厌倦了她的形象

向苍老的时间，徒劳地索求
我与她们有什么不同吗?
像命运。像夏天的离去
野花用寂寂枯萎应答着她

（原载《草堂》2019年第7期）

慢下来

◎姚　波

走进春天我们应该慢下来，细细地品味泥土

的气息，以及空气的温润。慢下来时，天空是蔚蓝的

生死无关紧要，风是轻飘的。流泻、反转

慢于生活。不可抗拒，像草原一样

让牛羊漫延开来，夜空星河灿烂

满足于现实的需求，我们

不追求名利，不展望未来

如此，我们安静下来

闭上眼睛，听一听虫鸣

睁开眼睛，看一看繁星

（原载《滇池》2019 年第 8 期）

接 受

◎天 天

就这样。在雨天，
我走过惊雷碾过的长街。
每扇窗都哭着，矮灌木在
失意者的后院肆意生长。

一面镜子在沉默，恍然间，
它错过了那张脸，错过心头
喋喋不休的美。我应该攀上那一刻，
在自我消磨中放下生活的绳索。

我替谁去爱不该爱的人？替谁在
一封旧信里辗转奔波？
或许本该如此。我身上的弯路、黑夜
和庙宇，都在缓慢中长出顺从的翅膀。

（原载《草堂》2019年第6期）

下 山

◎朱庆和

我喜欢一个人爬山
从后山上
昨夜的雨化为山泉
蚯蚓一样
脚下的枯叶
犹如往事
被踩得滋滋响
下山的时候
有几个村民拦住我
看有没有
偷山上的竹笋
我身上空无一物
他们不知道
我就是山中的竹子
已悠然下山去

（原载《青春》2019 年第 10 期）

怀　想

◎陈会玲

一个人读一些文字太久
就想去见你。清晨沿着河岸向北
傍晚的落日把我逼回向南的屋子
或者登上一列绿皮火车，托腮看着窗外

唉，矛盾的风景，你已早于我描绘
你留下的一朵白云，正攀爬着时代的山腰
这缓慢中的力，把一行打滑的诗句
推向干燥的九十年代

二十年后，我突然听见你的嗓音

（原载《作品》2019 年第 6 期）

偶　见

◎马晓康

终点是南方，但南方并不明朗
谁还记得这段旅程是真是假？
只有马蹄声在耳边回荡
可我看不见草原
小雨滋润下的灰蒙蒙的山地里
那些绿色的生命，还没有学会张扬

（原载《星星》2019年第7期）

那些话有另一个样子

◎喻诗颖

对你，每一句
我说过的话
都有一个繁冗复杂的前身
精简过后
在回退与重组之间
被划去的其实是说出口的
原生模样
我蹑手蹑脚的时候
你不用知道
悄悄变换了位置的空格与符号
就足以让意念
看起来是星空，却倒映着万物

（原载《扬子江诗刊》2019年第4期）

新经济时代

◎陈丽伟

丢两天手机，像死去两天
与这世界一下子没了瓜葛

买个新手机，像重生一次
一切事情都需要从头再来

补卡，绑卡，开通各种功能
才有户口、身份和各种交易

没有手机的人，是不存在的人
像没有名字、身份和大脑一样

手机成了人类一个新的器官
未来或有种刑法：夺去手机

（原载《诗探索·作品卷》2019年第3辑）

蚯 蚓

◎亚 明

它们将身影献给了藏于
地底下的事物：垃圾、腐肉
泥瓦片……它们的头颅
坚硬如石头，一次次地穿透
厚厚的泥土

大多时候，它们藏得比蛇鼠还深
难得见到它们的真面目
它们不喜歌唱，和赞美
将沉默、忍隐、卑微……奉为
一生的哲学

但在泥土深处，它们静默中
为我们提供了
一个丰盛无比的世界

（原载《诗潮》2019年第11期）

日常：交谈

◎ 蓝格子

路上，我们谈论星期一的好天气
谈论迎春花和连翘的区别
以及枝条上一只黑色的瓢虫
从山顶下来，车窗玻璃落满了灰
视线被拉回到多年前的一次沙尘暴
回忆充满哀伤。后来
我们坐在海滩上，抽烟
共同凝视远处的一座小岛
谈论起一位过早自杀的明星
人生，总是引发太多感慨
不知道接下来要去哪里
我们只是继续交谈
说起华兹华斯和卡夫卡
一幅黑白人物摄影
还有雨中一只温顺的金毛犬
空气里传来柠檬水的味道
再后来，我们谈起生活
认定那是一个荒谬的词语
但我们从未谈论过爱情
除了爱情，我们谈论其他的一切

（原载《钨丝》2019年7月号）

雪

◎李　浩

雪花从空中飘来，落在我的脸上，
安静地融化。从雪花飘落的
寂静里，我触摸到了雪的孤独。
我站在雪中，将自己雕成时间的雪人。
我站在雪中，阻止大雪把你深埋。
你知道的，"这一切，是那么多余，
多余得，叫人相信死。"可是，
我还是迷信爱。我孤身一人走到
夜晚的尽头，这路程多像森林！

（原载《芳草》2019年第1期）

雪，到底要下到什么时候

◎赵小北

昨晚你一定来过
并且，在院子里转了好久
抽了好几根烟
抽到半截，又把它们捻灭
但你，还是没有胆量
来敲我的门

（原载《诗潮》2019年第11期）

无中生有

◎周　鱼

一首钢琴曲，它从我这里反复
滚动而过，让我空下来。院落里，
那只闲置的陶罐。一半，
陷在泥土里。冷雨，
又一遍在这日来浇洗它。
（这甜蜜的凄苦，从天空而来。从虚无。）
一种最不可能的爱，在此时
正轻轻敲打与替代
所有别的爱。

（原载《海峡诗人》2019 年第 1 期）

面 具

◎天 界

他小心而温顺地弯下腰
夜黑了。始终摆脱不了自我的纠缠

多数时间里
他只是黏附在某个角落的一粒尘土
风吹，在空中翻几次身
偶然被光
折射出一点亮。但快速沉降

他那么渺小
蒙面的心情像一支无头箭
当他穿过喧哗
卸掉浮躁。却又怎也回不到原来

（原载《西湖》2019年第9期）

炭

◎丫　丫

尽管火苗被木头吞进肚里
热度从没离开过
最美妙的情话来自倾听
烧烤架上秋刀鱼，炉架下的炭火
疼痛。嘶叫。
它们的
真实是缓慢的
记忆是缓慢的
周遭的风景是缓慢的

喷薄的身体，终将成为灰烬
在散落的书页和人间

（原载《四川文学》2019年第9期）

1984

◎李 点

1984年的一瓶茅台
在茶色玻璃柜中
这么多年
父亲一直舍不得喝
只放在鼻子下
使劲儿地嗅
年年嗅
年年嗅
父亲死了
这瓶1984年的茅台
还在茶色玻璃柜中
我一直舍不得喝
只放在鼻子下
使劲儿地嗅
年年嗅
年年嗅

（原载《延河》2019年第9期）

走了半生

◎燕 七

冬天的雪
从梨花的枝头
冒出来
天空蓝得
让人想飞一会儿

几朵云慢慢游
桃花也开了
坐在桃树下的人
打着盹

走了半生
很多人
还没有遇到爱情

（原载《汉诗》2019年第2期）

我要将自己送给非洲

◎蒋 在

他站在那里 第一次
不是为了孤独
我告诉他也告诉你
我要去非洲
我要将自己送给非洲

我无数次看见过自己在
燥热无比的非洲大地上
用自己健硕又黝黑的双腿奔跑
来了一阵风
让回忆形成风的样子
长长地沿着沙地
然后再回到那个来路

从最东边滑到最西边 有斑马群的地方
我看见它在饮水
让我心花怒放的
是我要将自己送给非洲

（原载《诗潮》2019年第1期）

时间之心

◎董喜阳

将成捆的时光打发掉
给秋天的后半夜，或是冬季伸出的部分
露珠还在，只是唠叨的雨水
缺少雷声的陪伴。花盆架还在原地
等待疲劳的露珠，将落未落
时间不早，它的瞌睡声让我难以入眠
或许我们就是敌人
我亲眼看见它一口一口吃掉我
我的翻转，我的救赎
我的命。我的尚未梳理而潦草的
尘世之心。活就一世
草就一秋，絮乱的投胎不得见
我的未来里没有时间，正像
我的时间里深藏未来

（原载《北京文学》2019年第5期）

风在吹

◎潘玉渠

我站上来时
松木梯子咯吱响了一下
我以为那是风声。我眺望远方
枯树如箭矢，斜插于山间
我比它们略直，略静
我跳下去时，松木梯子又咯吱响了一下
我以为还是风声。而美
如致幻剂，有着磅礴的力量
仿佛，灌入眼眶的暮色
加重了身体

（原载《草堂》2019年第9期）

好像什么都没有发生一样

◎何晓坤

她急匆匆地走进这片树林
确定无人后，一屁股瘫坐在地
号啕大哭起来。她边哭边捶打大地
先前在林中叽叽喳喳的雀鸟
被惊得仓皇逃窜。这个悲伤的人
身体里好像堆积了太多的苦水
哭得泣不成声，哭得天昏地暗
有那么一瞬，她的声带
好像被什么东西卡住，只剩下
不断重复的"妈呀""天啊"的哭喊
此刻，世界很安静
雀鸟，小虫，和远远呆立的我
都学会了隐身在哭声的暗处。
这个悲伤的人，哭完之后，
擦了擦眼泪，理了理衣服
迅速走出了这片林子
好像什么都没有发生一样。

（原载《十月》2019年第1期）

秋 天

◎李顺星

秋雨打落秋叶，秋天
就同一株植物衰败下去

在雨中，这飘零的枯黄
开始贴紧大地的体温

泥土是枯枝败叶的囚笼
困住世界残损的器官

它们相互分解或和解
把万物打回原形

（原载《昭通作家》2019年总第八期）

爱 情

◎杨　隐

陷入一场爱
就是从地面发射一颗卫星
就是每前进一步，那助推的火箭
就卸掉一层防备。
它是属于天空的
它用它巨大的激情一举冲破了
引力的壁垒。
多么美妙，看哪！
它沿着神秘的星轨在飞。

同样触目的，是一场爱的坍塌。
它被击落
挣扎着
进入磅礴的大气层，剧烈燃烧
焚毁
擦出最后的炫丽的光芒
然后，坠入大海。

一场爱的撕心裂肺之处
在于：它从来不会彻底死去
它保留了它最顽固的部分
在茫茫大海深处。

（原载《西部》2019年第2期）

声 音

◎林东林

安静明亮的日子在二楼窗外
被阳光，树木，花草
和鸟鸣所填满
我正趴在窗前写东西
这时候外面
突然传来割草机割草的声音
那嘈杂的嗡嗡声
第一次没有让我感到厌烦
我停下来听那声音
那声音一阵阵传过来
带着草茎被斩断的气味
几分钟后割草的声音消失了
接着有人开始说话
聊家常，用的是方言
后来说话的声音也消失了
窗外再次恢复了
刚才的那种安静和明亮
我又重新开始写
一边写一边怀念
刚才窗外的那些声音

（原载《十月》2019年第4期）

复 调

◎吴春山

有时我会爱上街头公告栏上，一则
某人走失的消息
仿佛那个人就是我
仿佛唯有如此，匆忙的我才会驻足
心生惶恐。并小心地领着自己的影子
钻进尘世的视线

有时，我又会爱上这孤决和困厄。甚至比爱
与我道过晚安的恋人更多一些
至少在这样的深夜，在黑暗猛烈地鼓掌以后
我可以将一种积压已久的声音
释放出来
让整个世界保持安静，并侧耳倾听
这个时代，属于自我的一次复述

（原载《青年作家》2019年第11期）

立 夏

◎颜梅玖

每天早晨，我都要路过
那一排高大的树，那是广玉兰
枝头上歇停着一片片
白色的小鸽子
今天，在雨雾中
它们一朵一朵落下来
现在，它们全身是黄色的，点缀着
褐色的斑点
小路上，到处都是它们的身影
像一个个小水瓢
被风摆放在小路上，盛满了
清凉的雨水
雨点在其中欢快地跳跃，发出
小小的、清脆的爆炸声

（原载《作家》2019年第8期）

比缓慢更缓慢

◎代 薇

蚂蚁行走的方式
像不堪重负的人
寻求取消之轻

重力太小
对一只蚂蚁来说
再危险的悬崖
也不能将它碎骨粉身

它只是慢
比缓慢更缓慢
心口幽静，移动星辰
像一个人
写作的敬畏

（原载《作家》2019年第3期）

嘉陵江

◎喻　言

我曾在梦中将江水抽干
河底的淤泥中
躺着我童年的玩具
一把木制手枪、两只弹弓
半个瘪气的足球
已经腐烂成缕的袖标
以及校长和政治老师咧嘴的皮鞋
小学时跌落江底的同学
至今还举着
伸向天空的手臂
浩荡的江水重新将一切覆盖
节日的岸边
涌荡着欢乐的人群
我独自坐在发白的石头上
望着流水打着旋儿奔向远方
这巨大的水体
掩盖我多年的暗伤
只是，梦境之外
我早已还原成
胆战心惊的俗人
无力露出干枯的河床
也无力澄清一段浑浊的江面
让你看见深水下
淤泥中的历史

（原载《作家》2019年第8期）

八行诗

◎李 南

在雨中发一会儿呆，
向那对甲虫情侣微笑一下。
日子，尽可能从容起来
激情，请不要瞬间燃烧殆尽
留一点回忆给未来。
留一点氧气给郊外的紫苜蓿。
让时间成为流年
让我们在罪中堕落得慢一些。

（原载《草堂》2019年第7期）

我们走在风中沉默不语

◎阿　未

被越来越多的落叶引领，我们
飘到了秋天，此刻所见
九月的远山，已经艳如疤痕了
一个季节疲惫的繁华
忽然多出了几道破损的门槛
我们沿着自己的目光
走进去，竟看到了遍地熟透的
野果，它们在落叶的掩盖下
正悄悄别过自己饱满的一生
这时节风大了，晨暮
都有了凉意，那些落地的野果
即将被风挤占水分，陷入泥土
而接下来落叶纷纷
我们走在风中，沉默不语……

（原载《山花》2019年第10期）

夜　晚

◎黄海兮

这夜晚的星星
突然来临
在天空中
看着我
有好多星星看着我
还在那么小的时候
你们一起看我
非常感谢

我在街道上
偶尔抬头看你
为什么发亮
那么小的光
抵不上夜晚天空中
一架飞机
闪着亮经过
恰好，今天
我的朋友从天上来

（原载《作家》2019年第9期）

在月亮的背后

◎李郁葱

我们看不见的地方，有它的第一步
携带着小小的风暴——
这片荒芜，我们从未踏足之处
但它是真实的，像突然的光
所照亮的面庞，当那些陨石
在撞击中产生那么多虚无之洞
它们在那里，多少黑暗中的传奇？
我们想象的风之猛烈，人世的荒凉
并不能收割眼前钢铁的花朵
然后听到，它传来的声音里
一片空漠：让我们听到的真实
潮汐，或者阴影，或如孔雀开屏

（原载《诗歌月刊》2019 年第 8 期）

卑微的生活

◎人　邻

我要过卑微的生活，
种地，劈柴，喂马，
用落帚草扎制扫把，修理农具，
浑身汗水，大碗粗茶，不喜不忧。

偶尔进城，买几样东西。
遇人羞辱、强蛮，
可以避开，置之不理，
可以拱手相让，更可以转身即忘。

春夏，悠游山里，
携干粮水壶（山里有清泉），
几本农书，人生已经足用。
鸟啼蝉鸣，日出月落，随处可眠。

行踪不出十里。
故去，就埋在这山里。
过去的老友，不复往来。
新的相识，不过村夫、花农、铁匠。

谁也不要埋怨我。
是我不愿，亦是我俯首甘为。
我知道我应该过这样的生活。
这卑微的幸福，我要努力把它过好。

（原载《大河诗歌》2019年秋卷）

垒

◎晓　雪

当那些石头在心里
垒起来之后，
他对身边发生的一切
皆不赞同。

（原载《江南诗》2019年第4期）

苍 老

◎曾 蒙

想起自己的一生，已经老了。
没有回城的班车，也没有雾，
山下，是山楂树的爱情。
我在爱中神游，
而故国已近黄昏。

像一个垂危的老者，
在屋内收集着过错，以及字上的伤疤。
坐在轮椅上，
推走我的是苍老中的病痛，
我的女人，在门外看着夕阳。

风一如既往地在翻墙而入。
一株害羞的冬青树看着，
我的青春吹皱一池的荷花。
每天下午，一些老者在桥上瞌睡，
他们的面目一如侠士，在民间流传。

没有血管中的内伤。
金沙江畔，落花流水汇集能量，
我的整个生活暗淡无光。
睡着了，如睡眠般平静，
在梦中我一边纠正错字，一边擦着眼睛。

（原载《北京文学》2019年第6期）

当火车钻入黑夜

◎秀　枝

当火车钻入黑夜，愿它不只成为这黑夜的一部分
而是能惊醒黑暗。沉沦的灵魂
逡巡于寒冷的边缘发出幡然啜泣
愿它的车轮不断碰碎的事物
腐败者既成废墟，美妙者将成记忆
愿——退却的山川和原野，城市和乡村
仍然固守期望，静待人世的美景良辰
愿火车奔驰的前方正孕育一场雪
能够染白寂寥的天穹和污浊的大地
愿我心中仍有涌动的河流和奔跑的风声
能带走悲伤的风尘，时光的沙砾
注视黎明时分出发的孩子和醒来的鸟鸣……

（原载《作家》2019年第12期）

草原日落

◎慕　白

夕阳有爱不够的人世
沉默不语
低着头
从旷野中
落下去
又悄然从
一个人的梦里
冉冉升起

（原载《延河》2019年第3期）

辽　阔

◎第广龙

世界的确辽阔
即使付出了
穷尽的努力
也必有归来
必有站在一株炊烟下
身心的安放
其实，就是天空
也会在翅膀收拢时
变得狭小，拥挤
需要耐心等待
一扇门的打开

（原载《芳草》2019 年第 5 期）

物　证

◎周庆荣

丹顶鹤飞走了，剩下的多半是乌鸦。
冬天是谁制造的？
乌鸦在落尽叶片的树枝上大声发言，而
　丹顶鹤正在南方依然温润的湿地沉思。
关于候鸟的飞翔，可以解释为生命力的顽强。
见风使舵的生命，起源于哲学的本能。
谁制造了冬天，谁就是在创世纪？
乌鸦留在原地，丹顶鹤举起希望的火球，
　冬天，它们要活下来。

（原载《延河》2019年第10期）

大雁塔广场所见

◎马萧萧

这位老诗人
腰椎间盘突出
为了把腰
挺直
挺舒服
他遵医嘱
每天都来走走倒步
但是怎么也倒不回
壮年少年
就像这西安
倒不回长安

（原载《草堂》2019年第2期）

繁华在心

◎钟 磊

嘿，我是诗的秘密。
可是，生活还在告诉我很多，
譬如和死亡较劲，和小人较劲还需要很长时间。
此时，势利眼们还在大摆宴席，
约我喝酒，我只有喝下一杯清茶，
洗一洗杂乱的内心，打理好众生相的说长道短，
在转身的时候，逼我说一声再见。
其实，不再相见最好，
秘密的诗歌还在繁华内心，还在勾勒着人生的半径和周长，
躺在下午三点的钟声里说："我想回家"。
我仰卧在时光的斜坡上面，
缩小成阳光的一个小逗点，和一个失败大师一模一样，
虽然阳光有些偏西，可是我还在瞭望着弗朗茨·卡夫卡，
他还是伏在夜幕的弦窗上小睡。

（原载《小诗界》2019年第二季）

香 椿

◎陈　亮

每年春天，父亲领着我浇完菜园
总会去摘园边上
那些香椿的嫩叶
拿回家揉一揉
再拌上盐末和味精
每一次我们都会吃得小嘴发绿

衣服和头发上
也都沾满了香椿的香
风一吹，那种浓郁的香味
会让人眩晕或飞起来

而那些暂时被摘光了叶子的香椿
光秃秃的，很像父亲
空空的手指

——今年春天
当我独自走进菜园
才发现香椿的叶子已经很老了
繁茂的叶子在风中翻动着
发出粼粼绿光
恰好遮掩住了我的悲伤——

（原载《星河》2019 年夏季卷）

老房子

◎李昌鹏

这老房子，楼梯漆黑
我们，爬到哪一层
声控灯就亮到那里
上面是黑的
下面的楼梯好像也消失
黑的空间，以及
刚刚过去的空茫时间
假设我们是隐形的
譬如，幽灵
人们看不见我们
或许，也有我们看不见的人
走在楼梯上
有上的，有下的
我们从他们的身体
穿过，他们也
从我们的身体穿过

（原载《山花》2019年第7期）

迷迭香

◎高鹏程

它长在回忆之处。一个充满幻觉的名字
它本身也许就是一个幻觉
它鹿一样的眼神，鹿一样无辜的美
它的香气曾是我唯一的财富：爱情、忠贞和友谊
昨天的棺木已被雨水抬走
昨天的雨水淹没了歌谣里的住址
请你把它抛进我的墓穴。请你忘记我
此后，人时已尽，人世漫长
光线依旧从林中透出：爱情、忠贞和友谊
它的美，仍是唯一的遗址
它的香气，仍是唯一的线索

（原载《人民文学》2019年第7期）

我们徘徊镇

◎横行胭脂

我是住在徘徊镇的一位读者
我的职业是阅读天空和大地
凝望星群，代替人们流出热泪
俯视脚步，不踩疼弱者的影子
我们徘徊镇，居于北方
立冬过后，小麦的霜期到来了
落日之下，必有一双匍匐的翅膀
我坐在山坡的背面
蓝鸟冲向我
猎兔者从我身旁经过
我为原野上的每一只兔子祈祷
兔子啊，跑步吧
麦子还那么矮，山冈上草木枯死
藏身之处确实不多
我是住在徘徊镇的一位读者
我们徘徊镇孤独者甚多
那个路边摆理发摊的瘸子
把肥皂泡沫抹满秃子的头颅
洗啊洗啊，一个上午过去了
那个喋喋不休的疯女人
语音含混而凶暴，望着天空
仿佛在咒骂白云
人们都说，她是一个没有影子的人
丢了影子就是丢了魂

我们徘徊镇，走大路的人不多
他们都择小路而走
这样避免了成为熟人
成为熟人后，礼仪烦琐
大家彼此都受不了
我住在徘徊镇很多年了
夜里听见风把蛛网吹落
早晨起来一看
蛛网好好的，比之前更坚固了

（原载《花城》2019 年第 5 期）

酒

◎姚　辉

春天急需一杯酒来界定

春天常常是宽泛的　欲望朝南
而梦想以多种方向往北赶赴
你不一定记得自己的梦想　你可以辜负
其中的某一部分　可以通过杯盏
测算出　梦想古老的力量

春天让杯沿升起焰火　这不是
某一种酒的念头　不只是酒
涌动过的痛与感激　一杯酒
由千万种酒之外幽暗的信仰组成
酒　是命运预留的记号
你　是酒剖开自我的理由

春天将以什么方式消失？赤裸的酒
藏着　三月回旋的多种可能　酒
甚至已代替过鸟与神灵的诵唱

酒　将昼夜
摞成蒙尘的经卷

你经过的种种春天　为什么
还不够注满　那只
倾斜的酒杯?

（原载《人民文学》2019年第9期）

张家口：桦皮岭

◎施施然

白雾在山巅迅速生长，流淌在
原野和桦树的枝桠间
落日在云层后面漫步
当然你看不见它，但你能
感受到那金黄的明亮
甲壳虫和儿童，不知去向了世界的何处
风从野草倒伏的方向攀上来
猛地掀起你黑色的长发
你感到万物都在睁大眼睛
静静地注视你，但不说话
这梦境般陌生的北方深秋啊
在桦皮岭，除了做一个失魂落魄者
你还可以，像我一样
纵身跃上一匹漂亮的枣红马

（原载《诗刊》2019年第2期下半月）

小池塘变迁史

◎游　离

小时候
当暴风雨来临
村口的小池塘
就会变成一口大池塘

后来呀，小池塘没了
它被平整了
它被掩埋了

好像那里
从来就不曾有过池塘
好像那里原本就是一块平地

（原载《诗潮》2019 年第 10 期）

说起青春

◎青小衣

那么多的美，是我的
包括你

如今，从我身上逃掉
废墟的身体
越来越多的荒凉，似乎一座果园正被秋风
掏空，连叶子
都无法辨认我的手指了。曾经熟稔的事物
顺时针和反方向，冥冥地
一个声音在说：亲爱的，你已经走了
一半的路了。时光恩赐的，是覆压
也是减轻。只是说话人
他也开始犯困，往往还没来得及
把一句话说完，就倒头睡去
这样的情景，与乌鸦
和大雁，构成同类
哦，迟早要败下阵来
这绳子的宿命，节节勒紧
短呼吸，急促。窒息就要到来
我只能拱手交出一切

那么多的美，都不再是我的
包括你

（原载《文学港》2019年第11期）

路过打铁铺

◎ 胡晓光

现在铁已烧红
它暂时不再是铁
它温柔　甚至软弱
快点　再快一点
趁热打铁

而烧红的铁火星泉喷
它比激情更加诱人
我甚至想到一点点伤口　和
激愤时的泪水
快点　再快一点

我路过一家打铁的铺
我看到这样一种场面
它让我满面通红
像再一次年青
我不断地催促自己　快点　再快一点
趁热打铁
当铁失去火　回到铁本身
它冰冷　它已成为事实

（原载《凤凰》2019年上半年刊）

相 比

◎俞　强

相比枝条
更在意留在墙上的影子
相比香味
更在意甘于寂寥的日子
腊梅被剪，相比插于瓷瓶
更在意在荒野僻地
自由散漫的样子

（原载《作品》2019年第7期）

缺席者

——致张志扬先生

◎沉　河

天命之年的老师去了大海边
传说中的天涯海角。他早有
自我放逐之心，并为之争取
缺席的权利。是的
他从荣耀的厅堂中退了出去
不再举手，鼓掌，请求发言
也不再接受举手、鼓掌和发言
像一个不参与任何比赛的人
只关心蓝天、白云和汹涌的波浪
以及大海更多的平静
他与自我交流，与神秘者交流
在溃退的队伍中坚定地立住脚
厉问风暴：是谁在追赶？是你这
飘摇无形者吗？这无所定性者吗
老师愈发苍老的身躯像块顽石
他站在大海边，成为一个
永久的缺席者

（原载《作品》2019年第7期）

识物学

◎林宗龙

宝贝，这是"雪"。
羽毛那么轻的可疑之物，
你还未见过的，
它落在剧场外的椅子上，
警察和医生，刚从那扇铁门
出来，涌向相反的街道。
这是"威严"，宝贝，
雪落到下水道之后
可能是黑的。你仍未确认的，
也许正储存在你父亲身上。
那是"火焰"，
一种转瞬即逝的洁白，
厨房风暴式的滴水声，
和我爱着你争吵中的母亲。
它落下来，甚至消失
并不意味着结束，
宝贝，这就是"生活"，
也可能不是。在你触摸到之前，
它什么都有可能。

（原载《文学港》2019 年第 9 期）

鸟 鸣

◎林 莉

很长一段时间，我听见它的鸣叫
有时在大雨里
有时是在毛风藤的红色果实中
这到底是一种什么样的鸟呢
它沉默时，是否
也正遭遇难以启齿的困境
它奋力飞远时，一片青灰羽毛
会不会在静静跌落
而当它的叫声从毛风藤上热烈地响起
是不是也在想起一段忘不了的往事
一只鸟的鸣叫，像一个微红的泡影？
或者发甜的幻觉？
当我一个人在雨中走啊走啊
它的声带也一同充满了冰凉的水汽
我想也只有它了
在灰暗的冬天一直不曾离开我

（原载《扬子江诗刊》2019 年第 5 期）

除了海，我没有别的地方可去

◎叶玉琳

我好像还有力量对你抒情

如果有人嫉妒

我就用海浪又尖又长的牙对付他

这一片青蓝之水经过发酵变成灼灼之火

在每个夜晚，我贝壳一样爬着

和你重逢。看不见的飓风

在天边划着巨大的圆弧

又从大海的脊背反射出奇景

在有月光的海面

我们的身影会一再被削弱

仿佛大海的遗迹

所幸船坞不曾停止金色的歌唱

我也有一条细弦独自起舞

你知道在海里

人们总爱拿颠簸当借口

搁浅于风暴和被摧毁的岛屿

可一个死死抓住铁锚不肯低头服输的人

海也不知道拿她怎么办

那些曾经被春风掩埋的

就要在大海里重生

现在我只想让我的脚步再慢一些

像曙光中的蓝马在海里散步

我移动，心灵紧贴着细沙

装满狂浪和激流

也捂紧沸腾和荒芜——
除了海，我没有别的地方可去

（原载《海峡诗人》2019 年第 1 期）

不断分权的树

◎盛祥兰

柞树一边生长，一边分权
长着长着，就将自己
长成四分五裂
分着分着，就将自己
分得枝繁叶茂

懂得分权的树
也懂得美学原理
每一枝分出去的权
都漂泊在自己的掌纹里
没有返回的路径

每一阵风起
都是一次历练
它们愿意向雨水低头
有时，它们颤动
并不代表喜悦

（原载《广西文学》2019年第10期）

弯木犁

◎葛筱强

乡下的晚炊，大多是从黄昏之后
开始的。那时候，父亲刚从田里回来
他的身后，不止有马车和弯木犁
还有数不清的风和鸟鸣，以及落在
鸟鸣之上的，星斗之光与夜之宁静
每当我想起这些，那副弯木犁
就会在我的梦中，又一次犁出
让我眼含热泪的泥土与春花

（原载《中国诗人》2019年第5期）

玻璃栈道

◎袁东瑛

就这样，我在两座山之间空悬
深渊在脚下

不敢呼吸
生怕一旦呼吸
就有了重量，有了碎骨的危险

我的脚步，尽量放慢放轻
颤颤的每一步
像即将的一次赴死

一个不知天高地厚的人
正试图对着天地
探探深浅

（原载《鸭绿江》2019年第10期）

跑步之诗

◎张伟栋

我暗淡抑郁时看见

操场上满是跑步的人

在颤动的弧线里

试图篡改漩涡螺旋

草地是细小银河

喷溅水珠升起

白色新月

我跑动，以同样的契约

看到日出

是体内的朝霞喷涌

绿色的树之密云

等同于一滴泪

我剧烈，进入黎明

进入汗水蒸腾的急流

伴随着起飞与降落

进入一只燕子

向南飞渡的航线

以坚忍之力

和复燃的孤寂

于是我出神

恍若烧红的铁线

共振于虚无的大气流

我被驱赶

往返、旋转于

这囚禁的圆心
我猜想
一个我在水中诞生
于是另一个我
要承受雪中的降临
是裂变
也是合成。

（原载《飞地》2019年2月号）

万物均有自净能力

◎ 孟醒石

我不希望自己与故乡有同样的命运
地图上，无极县位于首都正下方五百华里处
既无丘壑，又无块垒，一贯温和恭顺
一只癞蛤蟆就能吞噬破蛹之蝶
一只芦花鸡就能遏制螳臂当车
如此这般，进入平庸的中年
记忆里总有农药残留

而父亲却认为，万物均有自净能力
芒种后，他用收割机给麦田剃了个"板寸"
只剩下一棵孤零零的杨树，像冲天小辫
大地一下子年轻了三十岁
我可以俯身与它一起玩耍
把月亮当成玻璃球，弹到天上
把黑夜当作戏匣子，竖起耳朵
听风雨来调频

（原载《诗潮》2019年第3期）

橡树葱茏

◎九　荒

葱翠的叶片

偶尔传递手指的信息

那些埋藏于根部的往事

是手指的伸展，收缩，或攥成的拳头

或是扎入深处的疼痛

青涩的果实

一半露出光泽，一半藏于隐秘

我在光泽与隐秘的边缘

祈望你的指关节只在清晨醒来

祈望一场秋风送走所有的痛

期待果实能如期落地

那酱紫色的橡果

落地时发出的声音

就好像你的脚步

走过去，又悄然地回来

（原载《诗歌月刊》2019年第1期）

大风歌

◎毛 子

螺丝越拧越紧。所有的风声
都在虚张声势。
所有的夜晚，已成
包扎之物。

我经过公共楼梯，声控电灯亮了
哦，一小块布置的光明
一条有着消防斧的
安全通道。
它并不模拟我们的处境。

而机器开足马力
而门前雪，而瓦上霜……

而太宰治在说：人间失格，我很羞愧！
我们还有
这样的羞愧吗？

（原载《长江文艺》2019年2月号）

井 中

◎王单单

俯身井口，向内探望
幽深的力量，柱状的黑暗
止于水面。井底的水
还在暗涌，一滴背着一滴
往上爬。如此负累
它们想把坠入水中的脸谱
递上来，给我重新安上
而我却不想这样，是时候
换张脸，重新生活了
就像木桶在井水中起身
这些年，某些人或事物的消逝
带给我今生，极大的
动荡，与虚空

（原载《草堂》2019年第2期）

不停地徘徊

◎张好好

为了拥有你，我把一生的白云朵
摘下来，装进白布口袋，又散开
如逐羊群，再聚拢，回到风雪的坡下。

你可在今冬——瞥见雪松睫毛时
心下一动，那白雪的枝桠
它们挺更直，遥望不周山。谁说
亘古难言。别说一别天涯是常情
别说浊酒和浊泪是从此的祭奠
别说，那半个拥抱从此细瘦无踪。

一个努力的一生，只为拥有你
在图瓦的弦拨和鼓乐中，青草发愁
大河颓废，我们是大山的儿女——
理该拥有荡然的清音……
我眉间的鄙俗，它们洗净的时刻
你清秀的掌纹，你在青草里徘徊
——不停地徘徊，那默然的永思。

为了拥有你，我已卸去，我亦放飞
花落枝头，月上梢头，蓝湖的蓝，浩浩荡荡。

（原载《伊犁河》2019年第1期）

小游记

◎赵卫峰

能见的庙宇通常气派。香火画笔般
陶冶凡心。在路上，旅客成群，来历不明
且难测去向。我想起我们的认识也就这样
我想起分散阵雨，想起我
和我们，风吹雨打久了，爱美之心
约定俗成。熟悉的当然还算风景。如我
和我们，多少次经过同一条河流
把湿身的经历装进镜头、枕头、心头
对头，休闲其实就是这样简单，依山傍水
依着善解人意的手机，傍晚
凭想象，就能知身下的草举止得体
知风情，不乱言语，静听外地口音磨叽
"身体还在，爱就不会离开"
巢的意义就是："笨鸟的大部分时光
并不飞翔……"

（原载《山花》2019年第3期）

假如我必须爱

◎金铃子

假如我必须爱
像光和影子，融合
那，我在这里
等待，一切影
仰望，一切光
我必得张大眼睛，生生不已
直到我们，四目相对
无力，清净，无声

（原载《北京文学》2019年第10期）

我是谁

◎如 风

想起吐尔根想起四月杏花的时候
雪，正在下

雪花的白和杏花的白
在汗腾格里，都是寻常
春风起处
羊群在绿色的天空啃草
云朵在蓝色的海洋游泳
也是寻常

与这辽阔人间相遇
其实你不必问——
我是谁

（原载《小诗界》2019年第二季）

旷 野

◎梅　尔

那是一支箭要去的地方
遭遇钻石的地方
是马蹄　从钉子的心脏
到珊瑚的光芒
飞鸟奄奄一息
摩西的四十年　坚定交织着惆怅

那是海消失的地方　从荆棘里
长出蜂蜜
从拐杖里长出盐
从石头里长出信仰
悖逆的昆虫
寻找微弱的光亮
旷野　一条长啸的河流
从受伤的马背上滚过

那是善良的鹿哀哭的地方
一只走投无路的獭　把螃蟹的钳
断在柳条上　一个郁郁葱葱的春天
从灰色的尸体上
再次发芽

（原载《诗潮》2019年第10期）

春天是轻的

◎张牧宇

风吹过的时候，深冬笼罩下的人

感受到的依然是静止和凛冽

而风吹过山冈，并非什么都没有留下

风穿过结冰的湖水，撩拨树木沉睡的枝条

大地伸出毛茸茸的手指，画出草长莺飞

春天打开热爱：

杏花，桃花，梨花蝴蝶一样飞上枝头

风一吹，花朵轻轻抖开裙角

心怀苍茫的人，已将苍茫放下

（原载《作家》2019年第3期）

歌 唱

◎田　暖

灰色的路在零下十度的寒风里
和车流一起歌唱，奔跑的运货车上
还有一个老人坐在运载的原木上歌唱
他的歌声仿佛气流让我微微发颤

我惊讶他从原木里摇摇晃晃直起了腰
双手不停地比画，大声叫喊
那喊声冲出歌唱的乐音
突然地陡峭地让人惊恐不安

货车终于放慢了速度
他也抱着头趴在原木上，像另一根原木
在过限高桥涵时紧紧地缩成一团
我庆幸他完整而光秃的脑袋
还生有一团警惕者的火焰

接着我就听到他的歌唱
从黑蒙蒙的桥涵里传来，像曲曲折折的波浪

（原载《作家》2019年第3期）

我认识的事物太少

◎南 子

我认识的事物太少——
只知道
鸟是投掷在天空上的黑汁
云是落在失意者身上的伤疤
湖泊是轻的　一把椅子使人失重
而内心的道路　往往始于一次背叛

我知道弱者　永远是强者的敌人
葵花低着头
对所有隐形的事物忏悔
以极度的谦逊　摇撼我的灵魂

我还知道
相爱者把阴影写进骨骼
力量在失去
肉体因冷却而获得了轻盈

只是——我所知道的
是否就是这个世界的表象？
就像我懂得　信仰在这个时代如同黄金
无知而昂贵
我忍住行将腐烂的躯体
不给一座山冈多余的树林和石头

——我认识的事物真的太少

就是这样

（原载《山花》2019年第8期）

古老的献词

◎江　非

我没有一片蒲公英，只有一棵
小小的罂粟
我没有一只雄鹰，只有一只小小的鸟儿
停在我的指头

它在每天晚上鸣叫，在灯光下啼叫
它想把叫声放进一个瓶子里，这个瓶子
被放进河水里，随着夜晚的河流沉默地
流走

（原载《四川文学》2019年第2期）

切柠檬

◎莫卧儿

就算正在深不可测的水域中下沉
或是迷途于浓雾
那只有力的手臂
也能使你瞬间从困境中出离
甚至，新鲜气体
旭日般喷薄于空气的语言中时
你以为生命的底色就是
这片引人飞升的黄金之地
再没有比五月的绿意
啁啾的鸟声更与之匹配的了
就像此刻
时间执意要为自己精心绘制一幅肖像
按下它风驰电掣开关的
竟然是案板上
那粒小小的柠檬
是的——
它甚至让你暂时忘记了揭开
夏天的画布
去探视背后的悬崖与激流

（原载《星星》2019年第5期）

我也没能从落地的花瓣中认出

◎夏　午

你说，看得到我明亮的笑容
却看不见，为什么笑得咯咯咯

啜饮过我眼里的泪水，却饮不到
这个人的内心，深处的井水

赞美我，当花朵在我枝桠上跳动
而更多的时候，只与枝叶互致沉默

也曾苦苦抓紧我的手
却抓不住命运埋伏在我掌心里的秘密

真的没什么——
我也没能从落地的花瓣中认出自己

你只需要去爱，居住在你眼睛
与耳朵、唇齿与发肤、血管与神经

呼吸与呼噜、咳嗽与喷泉、梦想
与梦魇，以及旧爱与新欢

之间的那个人，纵然
不一定是我

（原载《长江文艺》2019年第5期）

因为有雪，才有更多的光

◎鲁　蕙

你的出现
来自遥远寂静的国度。与生俱来的光
行走天地之间
像宽宏的神
在冬季深处。不曾改变其脚步
颜色，风骨
是谁立于黑暗边缘
不远的河边，树林里的植物
把舌头嘴巴借给我
期待向你解释，它们选择休眠的理由
黑暗中升起的光，像天穹里
繁星点点。涵盖城市，街道，旷野……
看呢！雪，飘落在雪上
黎明，大地就像没有界限的草原
人们仿佛一下子恢复了记忆

（原载《绿风》2019年第3期）

六 月

◎李爱莲

六月，雨水说来就来
它喜欢在屋檐和墙角开出花来
土豆没有厌倦生长
果子正在努力变成你想要的颜色

大多数鸟
在笼子里寻找意义
在天空中乱飞
想成为有名有姓的人

（原载《葫芦河》2019年第1期）

腌笃鲜

◎唐继东

从上海杏花楼乘飞机降落的
一块咸肉
风尘仆仆
需用清水洗尘三小时

板桥的竹子清瘦
它的后人，是春天里
肥硕的竹笋
从蜀地的林子
飞起

寸排洗净，不需加盐
红色炖锅
注入诗歌的清水
笃

小火，加四十分钟长短
时间的配料
再用小油菜画几抹绿色
加葱花、香菜
如此，沪上风情里
最美味的风景
就在北方的餐桌上
明亮起来

世界很大
看不到边际
世界很小，是一张
餐桌

（原载《作家》2019 年第 12 期）

秋天，我应该保持怎样的弧度

◎卢　辉

有一个机会，是天给的
不下雨了，好把镰刀放出去，做好
秋收的记录

都有一片天空，一样的蓝
但我的手呢，唯一近距离，把头顶上的枫叶
埋在嘴唇

据说，在秋天
思想的弧度
全世界都一样：只与稻穗
保持同步

（原载《安徽文学》2019年第2期）

看 见

◎蒋志武

暴雨从房子的北边过来
在屋顶，窗子和树上快速停留
又快速转移到了别处，暴雨带动暴雨
雨中的一切被水临时搭建的
谜团所迷惑
大地升起更为尖锐的气流

乌云继续漫过北方，街道对峙的风
把玻璃刮得越发透明
一块受到威胁的玻璃必有人为它命名
并拧紧固定它的螺丝
做没有后顾之忧的事，是我们的拿书好戏

当暴雨逐渐变小
鸟脱身于潮湿的巢穴，那在阳台上
观察暴雨的人一定是个可信的人
水只有暗自形成自己漂浮的行宫
才能在大地上绝处逢生

（原载《香山文学》2019年1-2合刊）

召　唤

◎罗　至

以为是一层雪。用脚掌踏试
原来是厚厚的月光铺在街面。白得有些吓人。
清晨的寒冷彻骨，我深深呼吸
竖直毛领。大街拒绝其他人
却接纳了我。我拒绝其他声音
却宽容了自己的脚步。到哪儿去？
我在街心忽然犹豫不决：也许是
早起的习惯，也许去晨练
也许仅仅为了一种莫名的召唤。

（原载《扬子江诗刊》2019年第4期）

忏 悔

◎彭争武

我忏悔，我的少年
我的成长，我的梦想
我忏悔，我的老练
还有我的圆滑
致使我站在舞台上
还幻想观众像潮水

这曾是属于我的舞台
年轻时的，年老时的
睡着时的，清醒时的
忐忑时的，激情昂扬时的
舞台总把我的身高，还有幻想
像一夜春笋拱了起来

而现在，寂寞就是
这舞台上慢慢平静的忏悔
我遥遥看着，婴儿的笑
还有老年的面容
在舞台上消失，并且终止

（原载《十月》2019年第6期）

大街上

◎韦　忍

大街上，那个一直追在我身后
大声喊着我乳名的老人
是我故乡的章四公

多年不见，他人虽然老了
但嗓门还是那么高
穿过整条长街，穿过这个阴沉的午后

他一喊，就把我喊成了孩子
他一喊，就把我喊回了故乡

（原载《诗刊》2019年第5期下半月）

黄昏的玉米地

◎张晓民

我在黄昏的玉米地
或夏日的芦苇荡边种下
小房子
接着在你房间的灰尘里依次种下
小麦的呻吟　乌鸦的鸣叫
在你洁白颈项的草地上
种下耳鬓厮磨
当然还要在你明亮丰润的沼泽里
种下鸟巢和鱼群
这样一个秋日的黄昏
外面下着没完没了的小雨
我忽然感到浑身发冷
也许我是感冒了　不然我就不会
对这么圣洁的爱情
胡说八道　对这么纯洁的你
胡言乱语……

（原载《诗潮》2019年第4期）

一棵树的心病

◎柳　苏

一棵树，站在季节里
和其他的树没有异样
面对风雨，始终保持着
顺从的态势

留心的人很快发现，它偏爱静谧
等一切安静下来，痴痴地凝望远方
心绪开始涌动，每片叶子都充满惆怅

惆怅，只有它自己清楚
重重心事，长成难以化解的纠结
到头来，是又一场致命的枯黄

（原载《天涯》2019年第4期）

大漠狂石

◎段光安

沙漠　只是沙漠

一块石头在这里风化

千年之上

千年之下

以一种姿式

任云涛变幻

任日出日落

把寂寞的风

最终听成水的流动

（原载《世界诗人》2019年第1期）

撬开早春的山峦

◎薄荷蓝

春风雨水里
山色萌动中
呼唤的脚丫
在山的那边初绿

请给我一把铁锹
我要提早
撬开画面那边的山峦

看看呀　看看
为什么总在早春
如此想你
闻闻呀　闻闻
那些山脚的腊梅花
是不是已香气盈天

（原载《创世纪》2019年6月夏季号）

明光河（节选）

◎李　森

听　春

忽闻鼓声，明光河
演奏着暴风和雪崩

于是，明光镇的春天
田里奔跑的洋芋
与麻石砰砰撞击

春风过冈
吹过发热的牛背
铁青的羊角

卿云飞渡
云彩撒满田地
蔚蓝的穹顶充盈着水

山谷里，云团向河床汲水
卵石向天空漂移

从村寨向外听
泡影在水井和泉眼里咕噜
从田野向村寨听

门闩学纺车吱吱缠绕

绿　夏

几个闷雷砸在河里
河还在流

蛙声与磨盘交谈
绿色粘住磨房

杨柳在河边安静下来
像听见果实
其实没有果实

盛夏堆绿为山
而绿中一无所有

轰响的河面
旋涡如日晷出水
其实没有日晷

秋　焚

倾盆的秋雨过后
晃悠的漂木
在河面举起来

葵花低垂处
一堆堆黄玉米

粒粒饱满

秋风马瘦
一团团红影
从田野飞向群峰

穿过云层的光柱
插在山坳
缓慢移动的山丘
在黄昏变青

晚霞和谷草同时燃过
夜和梦是火灰

冬　空

冰蓝之冬
白帐挂在空天

几座山
同时弹奏河床
弹着落叶的光斑
红云风车
在山顶抖动
吐出矿石

缓缓陷落的深谷
白练在飞
牛铃灌满寒风

火塘彤红
茶炊盖敲响钹
茶罐想跃起

寨子的青瓦
翻过屋脊
明月之眼噙着泪

（原载《扬子江诗刊》2019 年第 1 期）

新年钟声

◎臧　棣

连续的撞击来自长长的圆木
被颤悠的绳索吊在半空中；
碗口粗的印痕，每天都会
在同一个部位加深虚无
对世界的问候：即使死亡吻过
那些灰尘，它也不会消失；
当然，现场如果没有松鼠跳跃的话
它也不会引起特别的注意；
它固执于你有时会独自爬上山顶
去完成一个祈求，它不同于
只比神秘的警告提前了
一分钟的伤痕在我们身上
镂刻的完美的口号。从迹象上看，
它有点沉溺于把特定的时刻
带向一个习惯，如此，
它悦耳于浩荡的声音紧接着
就会在灵魂的节奏中出现；
但正如你目睹的，惊飞的麻雀
并没有四散；仿佛在稀释的野味里
兜了一小圈，它们又返回到现场
将缺席的部分悄悄填满；
这些雀鸟的身影有点破碎，

却敏感得像世界上最好的调音师，
等着你脱掉冬天的衣服，将我们身上的
钟形，赤裸地袒露在天地之间。

——赠程永新

（原载《钨丝》2019年7月号）

山中，秋声赋

◎胡　弦

枯石像一块老木头。
风在埋东西。

我已接受了来自西伯利亚的寒意，
像棠棣树。
小镇的阴影里满是纤维，
像榉树。
旧卡片上，美洲大草原枯黄一片，
成群的野牛在迁徙。

火车跑过树梢。
空气寂静又明亮，适合
大于风的事物在其中潜伏。

（原载《鸭绿江》2019年第1期）

落在身上的雪

◎谷 禾

落在身上的雪
把我变成另一个人，变成雪人
像生命的痛苦把我变成痛苦的人
它忘了我已习惯了痛苦
它忘了这世上还有更多快乐的人
他们从不同的屋子里
看这些雪落下来
落在屋子与屋子，道路与道路
山河与山河之间
把世界变成雪世界
走在雪中的人，变成了一样的雪人
走哪儿都一身雪，好像这些人
一直是雪的一部分

（原载《山花》2019年第2期）

天府广场遇雨

◎龚学敏

灵魂是没有性别往来的钢铁，
用塑料
拷问雨中残喘的空气。

现实的锅魁一步步演变，馅被
招牌上军屯的牛哞，逼成谎话。

石兽在雨制的口号中调整步伐，
恐惧症躺在草坪上，回忆
橄榄树，和公交车满载的怯懦。

撑伞的灵魂像是生锈的针。

旧地图上磨刀的书店，
把姓氏擦亮。那么多想要捡起自己的
雨呀，不停地抽走天空乌云的纸币。

风被大地磨得比人心还锋利，
地名成为疤痕，
远处植树的青铜，正在流水线上，
生产历史。

（原载《湖南文学》2019 年 1 月号）

缅甸的月色

◎黄礼孩

海水在她的身下下沉
黑暗压低了另一层黑暗
那些走在穷途末路的人
在一个版图上忐忑不安

一支枪枪口插上花朵
它还是一支枪，性质没有因此改变
而一朵花种在废墟上
盛开与燃烧是最后的选择

那个写下自由之名的人
她没有屈服于昏暗的命运
从一朵娇弱的花朵身上
她看到了辽阔的月色正漫过伊洛瓦底江

（原载《海峡诗人》2019年第1期）

活 过

◎朵 渔

我已活过济慈的年龄，二十六岁

写过几行诗，不得要领

我已活过雪莱的年龄，三十岁

半世安稳，在俗世的街巷

我活过了拜伦的年龄，三十六岁

血热着，开始学习变冷

我活过了帕斯卡尔的年龄，三十九岁

大师已入不朽，我仍茫然无措

我活过了马尔克斯写作《百年孤独》的年龄

我活过马雅科夫斯基写作《穿裤子的云》的年龄

如今，我就要活过加缪的年龄，四十七岁

我就要活过我爷爷的年龄，六十六岁

我是否还会活过我父亲的年龄，七十四岁

他还健在，我祝他老人家健康长寿

以便也祝自己健康长寿

我终将活过一个庸人的一生。

（原载《长江文艺》2019年6月号）

交　谈

◎张执浩

天空和大地通过雨水来交谈
说情话时下毛毛雨
吵架时用暴雨和雷电
疾风中的山与山
树与树
前者孤傲
后者点头哈腰
它们都用风声来交谈
微风拂过沧桑的脸
狂风再用力抽打一遍
多年未见的亲人
隔着越来越紧张的土壤
交谈，用最诚实的汉语
他低声说想她
又高声说了一遍
当他哭泣时眼泪是最好的
谈资，再紧张的土壤
也有松动之时

（原载《天涯》2019年第4期）

当羊成为羊毫

◎卢卫平

当羊成为羊毫
我才知道
曾经无比温顺的事物
也有难以驾驭的时刻
当狼成为狼毫
我临摹黄庭坚三天
就能横竖撇捺将它控制
有多少人像我一样
在知天命后开始练习书法时
才对羊和狼有了新的认识

（原载2019年《花城·粤港澳大湾区文学特刊》）

第一次

◎余 怒

第一次我在羊齿植物
的齿状叶片间舒展四肢，享受
还来得及的、没有哲学味儿的
欢愉。这是胸腹之间世俗哲学的欢愉。
我们，制造过多少幽灵，
以恐吓我们自己，利用
文学手段。不啻给自己找麻烦。
野外，白榆树上，刺蛾科
的绚丽，徒然富有表现力。

（原载《钨丝》2019年7月号）

手机通讯录

◎苏历铭

航班晚点的时间里
忽然想清理手机中的通讯录
多年沉淀下来的电话号码
像摆放在仓房里的杂物
在时间蛛网的背后,落满
无声无息的灰尘

每一个电话号码
代表一个生龙活虎的人
他们一定与我有过某种关联
否则不会存储于我的手机里
而时间多么残酷
青春说远去就远去,陆续聚散的人影
有人已是过眼云烟
更多的事早已沉没记忆的湖底

翻阅电话号码
犹如阅读一部长篇小说
众多人物一个个地登场
演绎不同的命运
我只知道每个人与我交集的时刻
并不了解全部的悲喜
我们都是人生舞台的小演员
演着演着或许都泪流满面

努力追忆与每个人的初见
我想具体到相识的瞬间
我们有没有握手，或者只是礼貌地致意
那天是否妙语连珠
有没有人酩酊大醉
若是深冬，窗外下没下过
一场惊天动地的大雪

有的名字是一种痛
有的名字是一种怀念
有的名字是一种轻蔑
有的名字是一种感恩
有的名字是一种相忘于江湖
有的名字则是一生的刻骨铭心

现在大家很少互通电话
话筒里的真声消隐于无声的世界
文字留言覆盖大声喧哗
各种夸张的表情替代复杂的情感
我们越来越文明
彼此显得高不可攀

最终还是放弃清理通讯录的念头
不想删除任何一个人，包括英年早逝的朋友
他们继续活在我的手机里
笑看波澜万丈的戏剧
或许在生命落幕时，我会向身边的人炫耀：
我的一生有过很多朋友

很多人真心实意，个别人生死相依
不记得有过反目成仇
从来没有假戏真做

（原载《鸭绿江》2019年9月号）

近春分

◎宋晓杰

春雪落在荒野
新葬的坟茔，盖着湿泥
一颗种子，急着发芽
一个人，急着"回家"
手持铁锹的人，望着天空
喃喃自语——
这次下的，该是雨啦！

时序是一头幼兽
磨牙，疯长
抬高目光，松开四蹄
追呵追

几里之外
成群的白鹭已经归来
——冰水参半的河岸上
它们起起落落
晾晒翅膀
专注地
洗尘世的灰

（原载《诗歌月刊》2019年第1期）

暮春的雪

◎沈 苇

暮春的暴雪是一场错乱？
但老天爷自有其苦心孤诣
蛮荒重临，抒情诗人
失去舌头，继而失去骨骼和魂魄
时节的译者，从东方和西方
再度登上内陆巴别塔……
谁说沙漠咸鱼不会翻身？
当史前鱼群插翅飞越群山
请视之为翼龙或异族吧
——这是大数据时代
一个个原始的血肉版本
——暮春的暴雪是盛大的反讽？
但老天爷自有其隐秘的逻辑和安排

（原载《天涯》2019年第4期）

春 中

◎杜　涯

流变中有沉定不移的守常
年年此时，风沿着新荫的道路吹来
草木的纯洁信心也被容许返还

南边的河堤上，柳树林带摇动，它们
绰约的、缥缈的、清扬的身影在风中飘摇
泠泠空气也在清凉的枝杈间游动

而在它们的摇动之上，是几千里的蔚蓝
日升又日落，四季、星空、黎明的转动里
是谁给了这恒常的诺言（如天空的终古不变）：

在辽阔的蔚蓝之下，人世之春又一次汇聚
城中桃李盛放，城外碧草初生，蔓延
路边，紫叶李和杜梨在信赖中更替了芳华

城市的十字路口处，车水马龙，人声喧腾
春天中，万物都有一种向上的力量
万物之心的意志是向荣、生辉，是昂扬

我站立在春天之中，听见一种声音于风中回荡：
"这里的人、树、花草、牲畜，一切事物都会逝去，
但毋庸置疑，它们中的一些还会再来。"

而身边，风吹过的林中，一声鸟鸣正清亮地响起

悠远、空灵，像春之声，像宽广的白昼

飘扬在人世的赞同之上，相信之上

（原载《扬子江诗刊》2019年第5期）

另一个城市的人群中

◎ 刘　川

一个人
叫我乳名
吓我一跳

一个人
叫我绰号
吓我一跳

一个人
叫我网名
吓我一跳

一个人
叫我笔名
吓我一跳

一个人
叫我身份证号
吓我一跳

一个人
叫我刘处长
吓我一跳

一个人

叫我本名

我已不敢答应

（原载《彝良文学》2019年夏之卷）

在这波澜不惊的水面上

◎泉 子

我见过太多上钩后，
从水面一跃而出，
在空中不断挣扎扭动的鱼，
我看见过太多的惊恐与绝望，
在这波澜不惊的水面上，
在这祥和而静谧的人世。

（原载《作家》2019年第10期）

白 雾

◎冯　晏

推开窗，白雾游向手，
指甲与琥珀戒面，水分子开始滑翔
楼顶，尖塔，东正教教堂圆葱头上的十字架，
手指在翻找，在弹奏白色屏障。
没有裂缝可以过放视野，
万物，荒原，天和地，
意念不停钻孔，先放出几只七星瓢虫。
闪电，鸣笛，礼花轰炸都尝试过了，
对待自由如对待魔镜里一个绿精灵。
肋间神经的一只小黑蚁从昨夜一直在跳，
刺痛反复突破，像瓶子里有一束光。

（原载《作家》2019年第10期）

天山骑手

◎育　邦

折翼天使骑着他的栗色小马
从博格达雪峰逶迤而下
松针铺落天山路
沿途的云朵纷纷避让
大雪纷飞的深夜
哒哒的马蹄声在幽谷中清冽地回响
他寂寞地寻找——
从他虹膜里驰骋而过的少女

哦，请不要想念我
我不过是一朵冷漠的天山雪莲
在星辰暗淡的时刻
抓住那短暂访问的彗星
上升，上升
错误的身躯，一直升到
神仙们的庙宇

骑手像走丢的孩子一般
在马背上轻声啜泣
他停下来，聆听
寂静的大海
在苍老的月光下低声吟唱

哦，请不要寻找我

我整夜漂浮在不倦死亡的湖面
我焚烧时间的床单
天山之瓮盛满尘埃和虚无
那里有一颗心灵
曾经完全属于你

（原载《江南诗》2019年第2期）

寻找池塘的鸟

◎王学芯

一只鸟从蚂蚁的洞口望去
望向深深的地底　用嘴喙
试图挖掘点什么东西

一只鸟清楚地记得这个洞口的位置
有着一座池塘　片片云彩
曾在水面上腾起

仿佛还有比例的层次
四周的空间　纷杂斑斓　远处的
村庄紧贴着完美的树丛

而颈子和腰线上的蓝色羽毛
从水波上一掠过　就有透亮的光线
挂上了树梢

现在鸟找不到池塘　过来又过去
它只看到蚂蚁的爬动　川流不息地
在自己的食物里忙碌

蚂蚁的洞口很小很深
那里没有尽头　地下的池塘
也许是个空心的幻觉

（原载《文学港》2019年第2期）

端午再祭屈原

◎任　白

空寂的北方也有一条大江
从雪山死去的火山口缓缓而来
她的身体是凉的
如同水边的那些眼睛
夏天傍晚靠近她的时候
你的双脚仍能感到历史隐隐的刺痛
江面没有龙舟
冷水鱼的幽灵呆在水下最为幽暗的地方
有些夜晚我在江边看星星
看被你的追问捕获的那些灯盏
被江水抱着，一遍一遍地淘洗
感叹智识为人类带来的寒冷荣耀
日月安属
越来越广大的宇宙是拥抱你还是抛掷你
后来者无从逆料
含英咀华的嘴里充满沙暴的味道
充满深夜的恶名
是的，我们不再是星空下的华族
沧浪之水带着南方的腐殖质
把岸芷汀兰送进断代史
而坠露与落英堆叠而成的冲积平原上
稗草也已建国千年
后来，整整一生
我们都对着一种五花大绑的食物发呆

想知道它被谁诅咒

它的心里睡着什么样的力量

想知道它解放的那天

我们的胃和喉咙

谁在歌唱

（原载《海燕》2019年第9期）

水　洞

◎李寂荡

水洞　一个曾被称作匪洞的地方
一半属于汉语　一半属于苗语
是我的故乡

只有通过被雨水冲刷出的沟圻
隐约可见光脚跑过的青石板一角
二十年的光阴就堆成了三尺厚的灰尘
疯长的火麻代替了路两旁
端午采摘叶片的苦竹
泥瓦木屋一律向东南倾斜
那些熟悉的面孔
有的带着皱纹进入了泥土
有的带着青春去了异乡

河边的碾房还未坍塌　仿佛顽固地
反抗着遭遗弃的厄运
河水波光粼粼　仍然缓缓地流淌
白鹭仍旧游弋在水稻田上方
云朵飞逝　好像擦着了山巅
七月　水洞一片阴冷

十五瓦的灯泡换掉了煤油灯盏
在巨大的黑暗中宛若萤火
电视亦如唧唧的虫叫　最为清脆地

笼罩着寨子的仍是二十年前
断断续续的狗吠与河流的声响

七月的夜晚　在故乡水洞
我感到了从未有过的安静
我感到了对安静从未有过的恐慌

（原载《延河诗歌特刊》2019年第2期）

这一场雪

◎文乾义

十一月的这一场大雪
有点意思。从北往南，
从中央大街北端
防洪纪念塔开始下，经过凯莱酒店、
友谊路口、金谷大厦
和教育书店，下到马迭尔宾馆门前的时候，
就停住了——这一整条街
差不多下了一多半，就不再继续下。
直到第二年五月，这剩下的一少半——
从马迭尔宾馆门前
到啤酒广场，到欧罗巴广场，再到
南端的经纬街，仍在等待
这一场大雪。

（原载《诗潮》2019年第1期）

大花青兰

◎ 张映姝

云影下的风，捎来凉意
这刚刚好。我在巨石间
游荡已久。萨吾尔的春天
繁花如星，而我，是迷途的
幸福的羔羊

"万物皆有欢喜处。"
此刻，一株草，一朵花，一只瓢虫
胜于一首诗，一盏茶，一座居所，
甚至一个星球

如果神祇显灵，护佑此刻
至地老天荒，我愿意是顺从的羔羊
与草为生，花为邻
与虫为伴。我默默许愿
虔诚如笃定的信徒

巨石静默，草木寂然
远处的毡房炊烟袅袅
有人欢马嘶声飘来
一种美就要取代另一种美

这并不奇怪。一小片蓝紫
蓦然出现。可爱的青兰啊
你顺从、传达谁的旨意
而我，究竟该往何方

（原载《绿风》2019年第5期）

野花是不相信命运的

◎钱万成

野花是不相信命运的
她们一直都在抗争
不管被遗忘在哪儿
山坡田埂抑或庭院角落
都要坚强地活着

她们一直渴望发声
发不出声音就还世界以颜色
别人在不在意无关紧要
重要的是不辜负生命
并实现自我

（原载《作家》2019年第9期）

暗　紫

◎包临轩

这堵老城墙的暗紫，被阳光炙烤
墙皮粉化。那破碎的部分
一道道，鞭痕似的隆起。像
浅浅的浮雕

这淤积下来的血腥，棺材一样
横卧在大街边上，醒目
却无人悲伤。因为那样的腐朽和死亡
已是陈迹

不知为何，它竟一直以暗紫为傲
这颜色，比夜的墨黑更为古老而苍劲

却抵不过今晨，白玉兰
一树纯洁的怒放。留住了行人
纷纷的脚步

（原载《作家》2019年第9期）

表面的事物

◎田　湘

雨是表面的
你撑着伞
伞也是表面的
它挡不住内心的雨

没有雨，天下本无事
云是多余的

雨只有落下的瞬间才是它自己
之后，就不是了，你只有看流水
可流水不让你看到深处的漩涡

雨只存在于表面，它不知道
美好的事物都藏着危险
雨让自己变成一簇簇浪花
它所有的绽放，都对应着凋落

（原载《作家》2019 年第 7 期）

梨花节

◎ 小红北

爱就是我来晚了
身上的冬天还没脱净
春天就在这里长大了
人生很短，这样美过一次就可以了
过度的鲜艳显得更加残酷
这漫山遍野的诱惑
令人觉得举目无亲
我不擅长与它们交谈，不赶节日
它们也不会理我。而小女儿一到这里
就和它们熟练地打成一片
仿佛久别重逢的亲人
我得盯紧她。做人，已经很辛苦了
我怕她这一刻忘我，会把我
长时间剩在人里

（原载《作家》2019年第7期）

生　日

◎安顺国

双手合十，微闭双眼
静静地对着沧海桑田，许下愿望
然后，用一口气熄灭烛光
这个极普通的过程，用分割阳光的声音
无条件地接受祝福
高高地举出了一片山谷

谁能拯救时间的针线
风起风落，草木又是一轮茂盛或者衰败
坡上，泛滥的种子
在一点点地爱抚，疼痛，死亡。
梦想可以招之即来
也是挥之而去的事物
这就是眼前的万水千山

（原载《作家》2019 年第 9 期）

论诗歌

◎张作梗

诗歌要像下雨一样自然、纯粹。

像下雨一样，游走于天地之间，以不含
杂质的雨水，囊括它自身的形式、
内容、主旨、意义以及技巧。——

绵绵不绝的雨叫长诗。
骤雨叫短诗。
阵雨不妨叫组诗。

有人指着漫天的雨点说，瞧，散文的雨。
而我以为，下雨更接近于诗歌。

毋需再拟，闪电便是一个现存的醒目的诗题。
一阵阵雷声，我们完全可以分辨出是诗的
铿锵的韵脚。——

还有地上流动的雨水。像时现时隐的诗脉，
它缝合起破碎的大地，
使之成为一首诗夯实的基座。

而假如我们留心，
雨后那草尖、叶芽上挑着的雨珠，
绝对是诗的中心意象：
圆润、灵动、尖锐，而又不乏神秘。

（原载《边疆文学》2019 年第 1 期）

此 刻

◎亚 楠

气流不断接近他。沼泽地
呈现的暖色
花边新闻，或者在
隐形钟罩中
困惑时，一群蝌蚪朝向
他无边的沉吟

回首往昔，风
轻轻吹动一片菖蒲
散落的星子
因缺席而泪流满面
混沌的水葫芦傲慢地把
头举过神坛

那回环的晨祷
露出光。在高塔的尖顶
呼唤来自静穆
雨水，圣洁的甘露
迎接旭日……大地葱郁
而澄明

（原载《文学港》2019年第4期）

暗 锁

◎纪永亮

我和我的邻居只隔着一扇门
却像隔着一座山
我们都像隐居在深山里的人
碰面时礼貌地点头
一转身就形同陌路

我们看见的生活只是开门和关门
像一把暗锁
她的笑有些隐秘
像暗藏在深处的锁芯
那扇门，她怕有人能轻易打开

（原载《作家》2019年第6期）

花瓶，月亮

◎欧阳江河

花瓶从手上拿掉时，并没有妨碍夏日。
它以为能从我的缺少进入更多的身体，
但除了月亮，哪儿我也没去过。
在月光下相爱就是不幸。
我们曾有过如此相爱的昨天吗？
月亮是对亡灵的优雅重获。
它闪耀时，好像有许多花儿踮起了足尖。
我看见了这些花朵，这些近乎亡灵的
束腰者，但叫不出它们的名字。
花瓶表达了直觉，
它让错视中的月亮开在水底。
那儿，花朵像一场大火横扫过来。

体内的花瓶倾倒，白骨化为音乐。
一曲未终，黑夜已经来临。
这只是许多个盈缺之夜的一夜，
灵魂的不安在肩头飘动。
当我老了，沉溺于对伤心咖啡馆的怀想
泪水和有玻璃的风景混在一起，
在听不见的声音里碎了又碎。
我们曾经居住的月亮无一幸存，
我们双手触摸的花瓶全都掉落。
告诉我，还有什么是完好如初的？

（原载《中国诗人》2019年第3期）

倾听自己

◎西 川

倾听身体里的声音
肠子里的声音、胃里的声音
血管里的声音听不到但好像能听到
心脏跳动的声音认真听总是能听到的

听见身体里一个小孩说话的声音
我也是个赤子吗?
我曾经是个赤子吗?
我身体里一个老头的声音笑出声来

安静时,天空扩大
风的声音在我的身体里继续
庄稼在风中弯腰呼应我的驼背
我走路的声音被另一个走路人夺去

听见大海的声音
但也许这声音来自我体内
我在认识自己的时候发明自己
我在发明自己的时候发明了你

(原载《北京文学·原创版》2019年第7期)

致蓝蓝：神奇的梦引起反响

◎翟永明

——我从这扇门脱身，遇到一个跟我同岁的女孩，在翩翩起舞。两人十分欢洽……这个神奇的梦，在我内心引起反响。

——引自《弗里达日记》

南美橙黄沉甸的稻田里
高耸的龙舌兰树下
站着你梦中的我
红头巾　红披肩
红花衬着红裙子
火红的项链捆绑着
同样沉甸甸的脖颈

那是我在你的梦中扮演弗里达？
还是弗里达在梦中靠近你？
她说：我就在附近　我来看看你

犀浦干涸枯槁的树林中
淹没了水泥钢筋筑就的中庭
这里没有年轻貌美的薄荷露珠
只有她穿越全部生命　踏梦而来
这里有个年轻女子代替你
站在曾经碧波的水中
眼下枯叶铺地　沉甸甸的叶毯裹住她
枯枝绑住她的双手

或是你梦中的目光绑住了她？
你问　她们都是弗里达？

你血液中的猖狂　孕育出两个双胞胎
分别在现实和虚构中突破了你
青春张扬的弗里达　年老色衰的弗里达
白衣弗里达　蓝衣弗里达
紧身胸衣里　藏着滴血的心脏
听着：你们都是弗里达

一根石柱斜刺里　穿过中庭
那里她膝盖里取出的骨头
铸就了水泥脊柱
你脚踏着它　她脚踏着时间
从脊柱间的苍凉　曳衣而过
另一个你　在梦中　看到这一切
不是死　而是生　将你带到南美洲

两个弗里达　三个弗里达
紧蹙的眉毛连成飞鸟
熙熙攘攘　排空而来
来者和去者　带着尘世污泥
既使拽着诗歌的纯净
也拽来不堪的故事和
四分五裂的人生
她们站在犀利目光深耕过的梦境里
站在生死两个镜头的互相对视中
念道：我们都是弗里达

层层叠叠的记忆
像洋葱一样　紧紧包裹核心故事
我们在最小的梦中睡去
在更大的梦中醒来

她说：记住　我们都是弗里达

（原载《山花》2019年第6期）

白头翁的叫声突然沉寂

◎林　莽

一杯清茶　伴我在初春的窗前小憩
那群白额头的小鸟
是去年冬天新来的邻居

昨夜大风刚过　就医归来
你在阳光灿烂的房间里静卧
鸟声清脆地响成一片
生活中那些往复纠缠的事物
让我们的生命从来也没有沉于虚幻

我们从以往的时辰忙碌到了现在
是啊　因为已逝的岁月
因为久远的亲情　因为爱
我们相互依恋
鬓发在微风中拂动

像我们各自静默中的心事
白头翁的叫声也突然沉寂
它们穿过冬青、连翘、丁香和稠李
这些去冬新来的留鸟飞姿如百灵
灰绿色的翅羽一张一合
它们飞到窗前刚刚长出嫩芽的洋槐树上
与我们一同　分享着这初春的阳光

（原载《人民文学》2019年第4期）

小雨加雪是一种颂歌

◎梁小斌

小雨加雪是一种颂歌
以后写到雪时
必须雨雪交加
我想雪碰到了温暖的雨
雪就会融化
您瞧那一阵细雨扑进我的衣领
轻盈而出
细雨又称为自由膨胀的硕大雪花
我肯定不是由温暖所构成
我伸出手臂挽留雪花
小雨加雪是一首团团旋转的颂歌
旋风迷失了方向
一个在风雪中拎着眼镜走回家的人
隐约看见，在我周围
雪花正纷纷扬扬

（原载《草堂》2019年第4期）

鸟儿飞走了

◎叶延滨

那些新鲜的句子
像一根根带着嫩芽的树枝
零乱地堆在心里

一个没有阳光的上午
一杯泡着苦茶的杯子
灵感像鸟儿，鸟儿不筑巢

鸟儿飞了
留下没有羽毛的世界
皮肤上只有油亮的脂肪

（原载《十月》2019年第5期）

欲 望

◎梁 平

我的欲望一天天减少，
就像电影某个生猛镜头的淡出，
舒缓，渐渐远去。

曾经有过的委屈、伤痛和忌恨，
一点一点从身体剥离，不再惦记，
醒悟之后，可以身轻如燕。

我是在熬过许多暗夜之后，
读懂了时间。星星、睡莲、夜来香，
它们还在幻觉里争风吃醋。

天亮得比以前早了，窗外的鸟，
它们的歌唱总是那么干净，
我和它们一样有了银铃般的笑声。

我的七情六欲已经清空为零，
但不是行尸走肉，过眼的云烟，
——辨认，点到为止。

（原载《长江文艺》2019年10月号）

在爱琴海上

◎王家新

"它们在追求什么，我们的灵魂？"
——当我漫游在爱琴海上，
我想起了塞弗里斯的诗句。

现在，我什么也不追求。
我只是不愿，或者说耻于
在单调的涛声中打瞌睡。

从一个岛，到另一个岛，
我愿听到塞壬的歌声，
我愿面对独眼巨人。

但是什么也没有。神话般的海，
汹涌了无数个世纪的海，
似乎突然间变得风平浪静。

我只看到几只似曾相识的海鸥。
我还看到黄昏时的金星——
明早人们会称它为启明星。

而你在追求什么，我的灵魂？

（原载《草堂》2019 年第 7 期）

适彼乐土

◎宋　琳

我们深陷在这儿，在印度次大陆
与欧亚大陆交汇处。西南偏西，一朵云下，
像一封信将自己投递给未来。

云中有一只眼，在红土高原移动，
航拍着下界的万户，那些生死……
几个南诏陶俑被挖了出来，精确如梦占。

地壳一点点隆起，缓坡适度地展开，
如一部野史。劳作者在松软的地面
站立或走动，投下影子。

那个扛着恐龙遗骸的人走过三月街，
少女们倒立在马背上飞奔。
我大笑，为狂放但诗人气质的土著。

看风景的人走到林泉佳处便住下来，
从此再不入城市。一只鹅守护着紫竹篱……
但那风度，我们也只是远远望见。

（原载《钨丝》2019年7月号）

妈妈的动作

◎柏 桦

奶妈爱干净的手指
愈老愈不停地摸索
身边永恒的小东西——
一根飘下来的头发……
桌子面前的小渣渣
棉袄袖口的小颗颗
洋瓷碗沿的小点点
沙发绒垫的小丝丝

人的生活一刻不停
动作也就一刻不停……
动作真影响了生活——
一些用于开始生活
一些用于结束生活
"我的生活在哪里"?
一些喋喋不休的妈妈呀
不诉苦就没有痛苦。

（原载《汉诗》2019年第2期）

钟 亭

◎小 海

围着小城，他要跑一圈
然后登上环城河上的亭子
不知是不是习惯的影子
每天有两个自己，两个

在固定的时间周期
风雨无阻地来去
他记起了，你在追赶
他在梦里跑，醒着也跑

他登上亭子间
哦，不，不可避免
不管那上面挂着的钟
是不是已经坏了
还是两个：两个自己

（原载《诗歌月刊》2019年第10期）

如你所见

◎张曙光

日子在错愕中度过。就是这样。
尽管无论是雨雪还是晴天
总是不曾溢出我们的预期。风景
因眼睛而存在。反过来也是一样。
雪淹没灌木丛，看上去是灰色的。
房屋的影子在缓慢移动，仿佛试图去挑战
世界隐秘的秩序。但什么都不曾改变。
现在一切都安静下来了，像夜晚
靠在花园的长椅上沉思着
阿拉伯世界的革命。窗帘回忆般地
垂下，但似乎并不沉重。它们有时
会模拟出波浪的形状，此外
还有另一些途径带我们回到过去
譬如一束枯花，巴士，钥匙，破损的风筝
或"猜猜是谁在打电话"。诸如此类。
穿过这扇旋转门我们又会通向哪里？
没有答案。也不会有人这样去问。
生活就是这样。或许。一个站台。中转站。
下面的车站统统被称作未来。

（原载《草堂》2019年第6期）

藤蔓是夏天的犹疑

◎蓝　蓝

藤蔓是夏天的犹疑而
老树是肯定

波浪是风的犹疑而
大海是肯定

我和你是世界的增加而
时间是它出汗的一块田地

你呼吸，山谷回答
河流大街铺满
鹅卵石花朵的道路

你是我的合法性当你
始终不曾走出我的眼睛
现在，我看到我自己
在你遍布山野的花的凝视中

（原载《人民文学》2019年第3期）

一个夜晚的两次微笑

◎商 震

像一根枯枝从树干脱落
我倒在地上
醒来时
躺在地上
开始是害怕
爬起来就笑了
刚才我已经死了
现在是重生

医生说
我还会死
我又笑了
我心里住着许多死去的人
他们一直是我活着的方向

（原载《诗选刊》2019年第9期）

拾拣昌耀诗文集

◎李　琦

某次会议
你的书被当做礼物
分送给这些来开会的人
（从未有过如此隆重的礼遇
如果你活着
肯定为此吃惊）

散会了，我在几个房间看到
那些书像你生前一样
落寞在角落里
人们嫌太沉
他们总是更喜欢
那些轻的东西

因陋就简的世风
到处浮光掠影
一个诗人的名字多么轻
轻如蝴蝶的翅膀
轻如翅膀上的空气

昌耀，苦命的诗人
"一只柔情的白蜡"
你真像你自己的诗句
你的寂寞你的苍凉你幽静的光亮

你这样的人
怎能不变成一种远

其实早在变成遗体之前
那清癯的身影
已跟随一种召唤
渐渐地，从人群中消失
只是这种消失静谧而缓慢
因此我们并未察觉

我默默拾拣诗人的文集
想到那次，和他握手
他那种羞涩、安静
羊一般的样子

想到这个被称为盛会的大会
想到我刚在会上听到的发言
发言者抑扬顿挫
正在说
我们为什么丢失

（原载《诗选刊》2019年第9期）

存放的意义

◎何小竹

我存了点东西

存了，当然是好东西

不轻易打开

存得住

（顺便说一下，不是酒）

为自己而存

但在打开之前

属于秘密

随着时间的推移

存放的意义

不断发酵

被存放的那个东西

反而被淡忘了

（原载《江南诗》2019年第5期）

题图·迎财神

◎孙文波

正月初五，财神赶来的路上，众人
都在翘首盼望——无非是金钱的指令
被破解，钱纷扬如雪飞入怀中。
无非是想象豪宅入手。幸福感由此生成。
——这是遍地黄金的祖国啊，
这是任性的想象的祖国——有人忆及
过去贫穷，吃糠咽菜。有人忆及昔日富贵，
轻裘肥马从街中走过。
有人忆及，天上的财富如云堆集
——不同的理由让人目的不同——在这里，
在洞背，我没有想这些。如果有财神，
他到来，带来什么？带来众鸟，
带来百兽。这是我希望的——我敬的神
在天上——变化不属事物的本质——带不来。
没有谁能够带来——我想象的都擦身而过。
迎头碰上彼此不识——他的铠甲厚重。
他的面目傲慢——要是存在另一副形象，
譬如一树桃花——漂亮的一树桃花，
在我走过的路边怒放。他就是我的财神
——自然之秘永在——自然之魅永恒。

（原载《钨丝》2019年7月号）

约茶兼致病中女友

◎荣　荣

能否再约你喝茶
即使在不确定的日后
人生有多匆忙　你我唯一闲散的
一次茶叙　早沉入时光深处
我几次有意地捞起
只想让记忆的回甘
掩盖探视时光的沉闷

那个下午就在茶汤里浓浓淡淡
你一杯阳羡　我阳羡一杯
茶色一样的醇厚浓郁
心情一样的散漫寡淡
佛陀唯心　现实唯物
话题却宽松绵长
隐隐听见时光磋磨的齿轮嘎嘎的声响

那个下午就在茶汤里浓浓淡淡
那份闲适　多年前早被你我忘却
我这个冷情之人
总会被梦里的清冷吵醒
现在是你突然爆发的疾病

能否再约你喝茶
即使在不确定的日后

眼下　你真理一样瘦弱而倔强
眼睛也益发大了　泪水流淌处
人生这杯茶　你正独自泡到痛处

（原载《鸭绿江》2019年3月号）

净影寺

◎娜 夜

还剩下我

晚一些的黄昏
麻雀也飞走了

这寺
它的小和旧　仿佛明月前身
它的寂和空　没有一　也没有二

（原载《大河诗歌》2019年夏卷）

施 舍

◎伊 沙

导游告诫我们

不要给乞丐施舍

主要是怕惹麻烦

我在一天里

两次犯忌

一次是给

车门边坐在地上的

无腿老妪

一美元

一次是给

商店门口

怀抱婴儿乞讨的

中年妇女

一美元

我实在想象不出

她们会给我

制造什么麻烦

（原载《黄河文学》2019年第2/3期）

这模糊的季节模糊了我的眼睛

◎海　男

这模糊的季节模糊了我的眼睛

雨中手推车的幻影已消失。暗淡的房屋一角

书架上那个会唱歌的雀鸟已消失

模糊是一个中性的词根。其实，在一生中

我们多数日子都与这个词根相互厮守

模糊是因为地窖中的麦芽正在发酵

模糊是因为满街的人都在雨季打着伞

模糊是因为一个词根像命运中的屏障忽隐忽现

模糊是因为我们太熟悉后不太了解神赋予的东西

越是模糊的时候，心绪就变得稳定

你要守候这些不再为风暴雷电所改变的路线

就像站在峡谷之巅的人，因一生遭遇了

太多的模糊，此刻，想从模糊中逃身

避开那些注定没有答案的问题

你想站在峡谷之巅，陪同那个人

看见一股股清泉奔涌，看见一只鸟的鹅黄色

在这个季节，总有些模糊

潜游于那从峡谷中奔来眼底的泉水

在这个季节，总有些模糊

像晦暗中逾越的勇气迎接着那只鹅黄色的大鸟

（原载《诗选刊》2019年第3期）

寂静草原

◎张洪波

两棵树一间小屋一个山包一块石头
树落了叶子石头露出面容
菜花黄了又在身后散去
马蹄远了在天边消失
草原越来越辽阔寞无声响
天暗。谁在梦中跃马扬鞭?

（原载《诗刊》2019年第4期上半月刊）

大地上万物皆有信使

◎刘立云

我们是既渺小又伟大的物种：春天用万紫千红

给我们写信，报道这个世界阳光灿烂

晴天永远多于雨天；夏天

燃起一堆大火，告诉我们食物必须烧熟了再吃

或者放进瓦釜与铜鼎，烹熟了再吃

秋天五谷丰登，浆果像雨那样落在

地上，腐烂，散发出酒的甜味

冬天铺开一张巨大的白纸，让我们倾诉

和忏悔，给人类留下证词

而妹妹，这些都是神对我说的，它说大地上万物

皆有信使，就像早晨我去河边洗脸

不慎滑倒，木桥上薄薄的一层霜

告诉我河面就要结冰了，从此一个漫长的季节

将不再需要渡轮。甚至天空，甚至宇宙

比如我们头顶的月亮，你看见它高高在上

其实它愿意匍匐在你脚下，做你的奴仆

即使你藏进深山，修身为尼

它也能找到你，敲响你身体里的钟声

（原载《诗探索·作品卷》2019年第2辑）

有哪一个春天不是绝处逢生

◎潘洗尘

酝酿了几个季节的雪
终于下了
雪　覆盖了我的母亲
以及整个
广大的北方

此刻　即便是置身另一个
看似阳光明媚的国度
远隔五十摄氏度的温差
我也能感受到
来势汹汹的
彻骨寒意

只有懒惰的人
这时才会说
冬天已经到了
春天还会远吗

但寒冬是自己离开的吗?

谁能告诉我

有哪个春天

没经历过生与死的搏斗

有哪个春天

不是绝处逢生

（原载《西部》2019年第4期）

请服用一剂火山灰

◎ 曲有源

如果心凉意冷
还怀念激情
就请服用

一剂火山灰

它复燃时
肺腑内
便有了岩浆

（原载《中国诗人》2019年第5期）

暮春的花朵

◎张新泉

也许还有几天就将凋谢
也许委身泥土就在明晨
开到极致便立即消失
每一朵都是寿终正寝……
无须林黛玉李黛玉来哭葬
每一片花瓣上都写着：
美过。爱过。无愧此生

与你们相比，人该悲哀还是庆幸
从风华正茂到歪瓜裂枣
谁是谁的长夜？谁是谁的暮春？

（原载《诗歌月刊》2019年第1期）

歌唱自己的草原

◎阿　来

云朵中的绿松石
波光中的黄金与白银
水晶脑袋的神灵坐在银杉中间
它们闪闪发光就是歌唱
歌唱瓦切草原、其钦洼草原

鹿群饮水，吃草
在天下众水的故土
羚羊在四时不断的花香中奔跑
天啊，赐给我们的正午尽善尽美
赐给我们双眼皮毛漾动的动物
犄角优美，身手矫健

温泉的火苗在空明中抖动
红衣喇嘛坐满丘冈
祷词使牦牛硕大的脑袋低垂
天鹅在圆满的湖泊
是朵朵莲花在心湖上显现

草原：身上的黑斗篷宁静
案前的白乳酪精湛
用宽阔歌唱自己幽深的草原

就这样歌唱自己
用每一只飞鸟的影子
用每一块圆润石头的沁凉
早在所有鲜花未有名字之前

（原载《人民文学》2019年第2期）

额济纳

◎邱华栋

额济纳，这名字听上去是一朵花
插在美丽少女的头发上，轻微地颤动

苍天般的阿拉善啊，广阔的大地有三十万平方公里
而胡杨林，则小心翼翼地生长在弱水沿岸

这就是额济纳，沙枣花、红柳花已经开遍
这就是额济纳的额头上戴的花

这就是有神树的地方，不光有策克口岸的贸易
那棵六个人手拉手才能围住的神树，占据了土地的精神中心

额济纳的颜色就是秋天里胡杨林的颜色
每一棵树下都有一个人在看：金黄璀璨，烂漫无边

（原载《人民文学》2019年第2期）

三　月

◎陈应松

三月与雪的悲怆相似

在春天之上的神农架，星辰漫漶

花朵一定像孩童一样嬉戏尖叫

在冰崖的间隙，它摇晃着醒来

山脉开始输送泉水

天空变得响亮。落日温暖和煦

一只树莺拖着水声

在生命里战栗。

黑郁的巴山冷杉林斜躺在山坡

整夜的鸟叫。空气像初生的炉子

像一只打开准备摇蜜的蜂箱

多少年了，我依然无条件地爱她

为某个时辰的静默

我守候在路口

就像血液那么美

（原载《扬子江诗刊》2019年第4期）

树 问

◎周 涛

没有耳朵
没有眼睛
好像连鼻子也没有
一问——
你怎么知道春天来了？

头顶披着残雪
脚下踩着泥泞
而且你深处洼地
并未立在逆风的山顶

二问——
你怎么知道春天正在临近？

可怜的你
一辈子未曾远行
寸步难行独守困境
白日做梦……

三问——
你怎么知道春天的行踪？

春天走了很久
它绕过了整个星球

没有消息

无影无踪

连一封信也没有

四问——

你凭什么相信它一定会回来？

（原载《西部》2019年第4期）

诗 人

◎韩 东

在他的诗里没有家人
有朋友，有爱人，也有路人。
他喜欢去很遥远的地方旅行
写偶尔见到的男人、女人
或者越过人类的界限
写一匹马，一只狐狸。

我们可以给进入他诗作的角色排序
由远及近：
野兽、家畜、异乡人
书里的人物和他爱过的女性。
越是难以眺望就越是频繁提及。
他最经常写的是"我"
可见他对自己有多么陌生。

（原载《花城》2019年第4期）

半岛之约

◎朱　文

只是初次见面
只是谈一下合同的事

冷气不足，热情有余
握手就开始出汗

我们脱光衣服
并排躺在竹席上

赤裸使各自陌生
刚讨论的合同细节

又让此刻的甲乙
感到似曾相识

将是一次愉快的合作
双方都无法否认

牵涉第三方利益
谈判还得继续

说不上什么恰当的
就彼此笑一笑

只有充分的专注
才能干好工作

而生活需要克制
所以合同是必需的

半岛全年最热的几天
谁也不急于把生意谈成

（原载《花城》2019 年第 3 期）

T　恤

◎吴晨骏

上次喝酒时
杨黎坐在我旁边
他把我的T恤
从皮带里拉出来

T恤束在皮带里的人
不像一个艺术家，他说
他和罗辑的T恤
都盖在皮带上

我想平时我就把
T恤束在皮带里
到参加酒席前
再把T恤拉出来

（原载《西湖》2019年第10期）

无 题

◎华　清

当然，这是个秘密。这一缕风
在说话间正刮过去，它吹皱的还不是春水
只是空气，早春的空气。但这无关紧要
重要的是，有人已透过冰层
听见了那细小的流水声
这流水已经使那河底的蚌
缓缓绽开了身躯。这春风的手
不会让你看见，它就那样神奇地
在河面上掠过……

（原载《花城》2019年第1期）

清晨的思想

◎耿占春

就像一个人的冥想，小树林
在清晨最早的薄雾里浮动

再一次，世界的表面
带来了所感。事物恰如所思

无论新月如钩或圆润如镜
都不是实体且只以表象

相似于我们的魂魄，仅次于清晨
渐渐模糊的神话和宗教之梦

虽说一再地，星座、山，沙漠
带来难以理喻的胡大的慰藉

而我们的城市和故乡提供的
是固定的偏见和疲劳的视觉

如一部反复观看的纪录片
被胶带之外清晨的一阵细雨更新

人之所爱也是，能够拥有的
仅为表象，从不是被允诺的实体

相似于我们飘渺的灵魂，清晨的
宇宙，迟疑地，提升着生存的尊严

（原载《江南诗》2019年第1期）

山 间

◎敬文东

我早已厌倦了浮夸、纵欲和
形容术。我见山是山,见水是水。
见你当然是你。
我快乐:因为我窥见了
事物的真面目。我终于能够承认:
在每一个事物的最深处
确实有一株小小的
蜡烛。那是事物故意扣留下来的
精华。没有谁能够盗走。
我行走在半夜的山间,仍然
能看清道路:左边是陷阱
右边是悬崖,只有中间可以安全通过。
我快乐:因为没有火把我也能在
漆黑的山间悠然行走。

（原载《海峡诗人》2019年第1期）

对 岸

◎霍俊明

一个人从河的这岸
游到了河的另一岸
没有水流声，也没有
拍打水的声音
一切都悄无声息
回头看看对岸
仿佛刚刚离开了一个尘世
这里没有树木
没有石头
没有房屋
甚至风也没有
只有这条河岸
这一切都似乎是在梦里发生的
只是为了验证
一个不会游泳的人
也抵达了河的对岸

（原载《山花》2019年第3期）

鄂尔多斯之夜

◎高 兴

此地
此夜。世界简单，只有歌声回荡
呈现酒的形状，水的形状
火的形状，蒙古包的形状。此地
此夜。你和我，朝星空生长
听歌声渐渐唤醒沙子的耳朵

那些来自都市的男人和女人
沐浴在歌声的圣水中
清澈，干净，瞬间诞生的
孩童，忘记了归途，沉醉于
草原上的游戏。此地，此夜
马背是窗，人类只说村庄的语言
歌声流淌，神秘之手挥动
一扇扇门扉，一条条隐秘通道
敞开。细雨飘洒，滴滴击中
树叶的心。一场典礼
即将拉开帷幕。此地
此夜

(原载《读诗》2019年第1卷)

穿山甲

◎李以亮

在无力避免的白日梦中
我看见自己长出
一身厚厚的盔甲
迎着冰凌
或箭镞似的目光
勉力穿行于沉默的深山
沟壑和河流
不知从哪里来，到哪里去
是的，我常常在无力避免的白日梦中
钻进私设的地洞
仿佛穿山甲
仿佛幽灵
避开日照和雨淋
匍匐着，或远远离开
凭一己之力
穿行于沉默的深山、沟壑和河流

（原载《长江文艺》2019年7月号）

暮 色

◎海 岸

暮冬　落叶飘入颓败的院落
光秃秃的树无声
乡野一览无遗
除了一茬茬稻桩，齐崭崭的
仰望炊烟缓缓飘过村落
落日的缕缕余晖
斜倚在冰冷的石凳上
无意涂抹一旁盛开的腊梅
院落之外　湖水泛起几分落寞
一圈又一圈
对岸的竹林，风骤起
呼啦啦，吹落归乡人一脸的尘土
却吹不散一方的乡音
更远处，乡野的天际辽阔
夕阳静静地移动
融入更深更浓的夜色

（原载《江南诗》2019年第2期）

凝　神

◎舒丹丹

怎样从一滴蓝墨水里看见深湛的湖泊？
怎样从一截木纹中听取山林之斧的回声？

一个人的眼睛怎样托举一只白鹭
飞过山重水复，飞过柳暗花明
于茫茫碧海中认领金色的沙洲？

——除了凝神，再无旁的路径

（原载《草堂》2019年第5期）

为了爱你

◎安　然

为了爱你，我在体内豢养虎、豹子
一种邪气也开始滋生
我努力做好沉默的准备
我喝掉很多盐水
如果可以慢一点，我还要
在体内豢养更多的生灵
比如，我们一直追逐的鹰
它飞行的速度超越了云
也超越了几条河流
它开始慢下来，为了爱你
我豢养了更多的情绪
我背叛了一片森林
我违背了秩序
在村庄，我伤害了无辜的人
踩死了很多只蚂蚁
为了爱你，我在体内栽种罂粟
和更多有毒的植物
我做了很多危险的事情
为了爱你，我身上的火
险些烧掉整个春天

（原载《香山文学》2019年1-2合刊）

在大柴旦

◎曹有云

纯净如青冥
美善似良宵
之后是沉默，深邃
乃至不可言说之神性
多像一句隐匿在旷野眼窝里的诗

在大柴旦清晨阳光泛滥的街道
我愿做一个单纯无知的孩子
拒绝雄辩
隔绝喧嚣
独自行走

（原载《青海湖》2019年9月号）

女 人

◎鲁　娟

夜色太过缓慢，
甚至漫长，
它准备了足够久
足够多的黑想要打败我

所有模糊的面孔将淹没
所有不确定的方向将偏转

但，全部黑暗也遮蔽不了我！
有光照亮自己的路。
其实，我是由磷和钨，水和果实，月亮和花朵
所有发光的元素构成，
即使你们对此一无所知。

（原载《草堂》2019年第10期）

一块豆腐

◎琼瑛卓玛

从百分之八十五到百分之九十
水分的多少。决定死后回到哪里去
我无意从外形去描绘它，
（也许是雪白或杏白？）
更精致乳糯的那些，还有异国名字
今天上午又讲到达让特莱。
他局促的姿态带着绝望的美学
宛如从体内救火
——某些近乎迂腐的过季的冷
与陷入沉思的星期六风暴。
哦，此刻
一块豆腐始终躺在刀锋下

（原载《钨丝》2019年7月号）

我看见群山沉默如金

◎单永珍

风吹过山岗，草木们斜着身子
朝着偏南的方向张开嘴巴
风紧了，会喊出：呜……
风轻了，会溢出：咽……

到底是风吹着草木
还是草木充当风的亡灵

面对一张空寂的草纸，我
四顾茫茫。唯独看见
这安身立命的十万群山
沉默如金

（原载《瀚海潮》2019年白露卷）

出生地

◎冯　娜

人们总向我提起我的出生地
一个高寒的、山茶花和松林一样多的藏区
它教给我的藏语，我已经忘记
它教给我的高音，至今我还没有唱出
那音色，像坚实的松果一直埋在某处
夏天有麂子
冬天有火塘
当地人狩猎、采蜜、种植耐寒的苦荞
火葬，是我最熟悉的丧礼
我们不过问死神家里的事
也不过问星子落进深坞的事

他们教会我一些技艺，
是为了让我终生不去使用它们
我离开他们
是为了不让他们先离开我
他们还说，人应像火焰一样去爱
是为了灰烬不必复燃

（原载《民族文学》2019年第3期）

戈壁太阳

◎娜仁琪琪格

冷艳的，却也是温暖的
隐约的，却也是清透的

一轮太阳，散发出的不仅是耀眼的光芒
驱赶黑暗的明亮
在阿拉善戈壁滩，我们是被一轮太阳
七彩的光环惊艳

在阿拉善戈壁滩，我们听从了一轮
头顶彩虹的太阳，所呼唤
当我们走下大巴
收纳了，吉祥的福音与深邃的光照

我们是被戈壁太阳照耀过的人

（原载《诗潮》2019年第6期）

节 省

◎王志国

想说的话越来越少
写在纸上的文字越写越短
就像我们身前的路，来路艰辛已知
归途茫茫尚有未知的坎坷

头上的黑发稀疏犹如荒草
发际线像山顶的积雪，已退无可退
春天的旷野上，繁花开过
枝头的青果沐露追光
比春雨焦急
唯有我，放慢了脚步
用省下的时间
不断回望，因俗世的奔忙
而错过的美好

（原载《草堂》2019年第9期）

午后东山岭

◎苏笑嫣

山风忽东忽西地吹着。在东山岭，
一切都忽然静止了下来。比如水流于此
突然折返了身子。比如云朵缓慢，树木庄严。
比如风筝和蝴蝶都自有去向，一只麻雀飞过，
过一会儿又飞回了原点。

我在山间走着，有时停留一会儿。
微风里的田野将绿浩浩荡荡地散落一片，
湖水用云朵轻轻擦洗着身子。一座山，首先
属于土地，其次是对时间无限的接近。
阳光正好，山脊、植物和我平分着光阴。

寺前的红丝带在捕捉着风。古树下是大片凉荫。
我无所期待，只是静静地坐在那里。时光的轮回
总有小小的悲悯。人们生活得多么用力，又多么
虚张声势。一株草怔了许久，在若有似无的风里。
在这个下午，我和它一样，属于沉默又迟缓的木性。

（原载《重庆文学》2019年第6期）

简单的生活

◎姚　风

我想要的是简单的生活
只要屈身劳作，就可从大地中
挖出果腹的土豆

我不奢望这样的荣华富贵
吃的是金子
屙出来的也是金子

我不要做一个陀螺
只会顺着鞭子的方向旋转

不要低着头做任何事
直到把头缩进自己的胸膛

我要昂起脸生活
就像植物朝着光生长

我要用心爱一个人
爱一个国家

我要涤除黏附于心灵和身体的黑暗
在白纸上写下血液的喧响

我要减掉社交的赘肉

阉割欲望的狗群

而这简单的生活
又是如此的艰难

（原载2019年《花城·粤港澳大湾区文学特刊》）

敬　告

　　由于编选时间仓促、工作量大，未及与所选作者一一取得联系，请见谅。

　　现仍有部分作者地址不详，为及时奉上稿酬和样书，请有关作者与责任编辑赵维宁联系。

地址： 沈阳市和平区十一纬路25号

邮编： 110003

电话： 024—23284306

E-mail： 249972579@qq.com

微信号： zhaoweining10

辽宁人民出版社

2020年1月